流传深远的

民间故事

本书编写组◎编

为读者们开启的获得社会知识、接受人文科学教育的窗口。

本书选编了中外民间广为流传，耳熟能详的民间故事经典，领略智者的智慧，学习仁者的豁达，哂笑愚者的蠢笨，品味百态人生，从而达到"以古为镜，可以知兴替；以人为镜，可以明得失"的目的。

QINGSHAONIAN JINGPIN KEWAI YUEDU XILIE

珍藏版

课外阅读系列

世界图书出版公司

广州 · 上海 · 西安 · 北京

图书在版编目（CIP）数据

流传深远的民间故事 /《流传深远的民间故事》编写组编 .—广州：广东世界图书出版公司，2010. 4（2021.5 重印）

ISBN 978 -7 -5100 -2220 -3

Ⅰ. ①流… Ⅱ. ①流… Ⅲ. ①民间故事 - 作品集 - 中国 Ⅳ. ①I277. 3

中国版本图书馆 CIP 数据核字（2010）第 070738 号

书　　名	流传深远的民间故事 LIUCHUAN SHENYUAN DE MINJIAN GUSHI
编　　者	《流传深远的民间故事》编写组
责任编辑	冯彦庄
装帧设计	李　超
责任技编	刘上锦　余坤泽
出版发行	世界图书出版有限公司　世界图书出版广东有限公司
地　　址	广州市海珠区新港西路大江冲 25 号
邮　　编	510300
电　　话	020-84451969　84453623
网　　址	http://www.gdst.com.cn
邮　　箱	wpc_gdst@163.com
经　　销	新华书店
印　　刷	北京兰星球彩色印刷有限公司
开　　本	787mm × 1092mm　1/16
印　　张	10
字　　数	120 千字
版　　次	2010 年 4 月第 1 版　2021 年 5 月第 11 次印刷
国际书号	ISBN　978-7-5100-2220-3
定　　价	38.00 元

前言 FOREWORD

民间故事是由人民群众集体创作，并在人民群众间广为流传的民间口头文学。它的起源及发生、发展与人类生产实践的内容及方式有密切的关系，反映了劳动人民的愿望、要求和理想，体现了他们的情感与思想活动。

本书选编了中外民间广为流传、耳熟能详的民间故事经典，按照人物故事、节日故事、饮食故事、名胜古迹、动物故事分为五部分。

★ 人物故事：领略智者的智慧，学习仁者的豁达，哂笑愚者的蠢笨，品味百态人生，从而达到“以古为镜，可以知兴替；以人为镜，可以明得失”的目的。

★ 节日故事：感受缤纷节日，了解民风民俗；学习传统节日知识，继承和发扬优秀的传统文化。

★ 饮食故事：汇聚经典食物，畅饮醇酒与香茶，享受饕餮盛宴，增加人们对饮食的认识，提高人们的生活质量，增添生活的乐趣。

★ 名胜古迹：游览名山大川，领略清新美丽的自然风光，欣赏巧夺天工的人文景观，让我们身心愉悦、心旷神怡，增强我们热爱大自然的信念，从而促进人与自然和谐相处。

★ 动物故事：了解五彩缤纷的动物世界、生动有趣的动物故事，培养我们对动物的爱心，增强我们保护动物、珍惜动物的责任心，让我们明白善待动物就是善待我们人类自己的道理，从而促进人类与动物的和谐共处。

本书内容丰富，寓生活知识、行为规范、处世准则于情节之中，富有想象力，知识性、思想性强。阅读这些故事，可以让读者开阔视野，陶冶情操，净化灵魂，优化品格，促进智商与情商的全面提升。

民间故事是在历史的长河中流传下来的经典，正如伟大的无产阶级革命者恩格斯对民间故事给予的高度评价："民间故事还有这样的使命：同《圣经》一样培养他的道德感，使他认清自己的力量、自己的权利、自己的自由，激起他的勇气，唤起他对祖国的爱。"

让我们共同走进这本《口耳相传的民间故事》吧！

编 者

目录
CONTENTS

三、饮食故事

四、名胜古迹

五、动物故事

一、人物故事

领略智者的智慧，学习仁者的豁达，哂笑愚者的蠢笨，品味百态人生，从而达到“以古为镜，可以知兴替；以人为镜，可以明得失”的目的。

花木兰替父从军

北魏社会经济经过孝文帝改革，得到了发展，人民生活较为安定。但是柔然、契丹等少数民族日渐强大，他们经常派兵侵扰中原地区，抢劫财物。北魏朝廷为了对付他们，常常大量征兵，加强北部边境的驻防。

花木兰从小跟着父亲读书写字，平日料理家务。她还喜欢骑马射箭，练得一身好武艺。有一天，衙门里的差役送来了征兵的通知：每家必须派一个男丁去当兵。看到通知后，木兰想到父亲老迈年高，又怎能参军打仗呢；自己没有哥哥，弟弟又太小。她不忍心让年老的父亲去受苦，于是决定女扮男装，以弟弟的名字，代父从军。当木兰把自己的想法告诉家人后，刚开始全家都不同意，木兰想尽办法来说服家人。木兰的父亲本是一个老英雄，看女儿一片赤胆忠心，又有超群的武艺，便答应女儿穿上战袍，跨上战马，赶赴边关去报效祖国。

木兰随着队伍，到了北方边境。她担心自己女扮男装的秘密被人发现，因此处处加倍小心。白天行军，木兰紧紧地跟上队伍，不敢掉队。夜晚宿营，她不敢脱衣服。作战的时候，她凭着一身好武艺，总是冲杀在队伍的前面。在一次与敌兵交战中，花木兰见敌军三人夹击魏军贺元帅，她一马当先，解救了贺元帅，从而得到贺元帅的赏识。十二年过去了，身经百战的花木兰已晋升为将军。一天夜晚，花木兰巡营，忽听群鸟飞叫，料想定是敌兵前来偷营，立即禀告贺元帅并献计四面埋伏，智擒偷营敌人。果然，敌军中计，首领被擒。

从此，边疆安定，战事告休。花木兰在战争中屡建奇功，同伴们对她十分敬佩，赞扬她是个勇敢的好男儿。

战争结束了，皇帝召见有功的将士，论功行赏。但木兰既不想做官，也不想要财物，更不敢与元帅的女儿成婚，她只希望得到一匹千里马，好让她立刻回家。皇帝欣然答应，并派使者护送木兰回去。

木兰的父母听说木兰要回来，非常欢喜，立刻赶到城外去迎接。弟弟在家里杀猪宰羊，以慰劳为国立功的姐姐。木兰回家后，脱下战袍，换上女儿装。朝廷封花将军为尚书郎，贺元帅抬着礼物，领着众将，亲临花家探访。元帅召见花将军，其父唤弟弟出来参拜。元帅举目一看，惊讶不是花将军。花父没法，只好再唤花木兰出来。元帅一见，更是惊讶，责备花父屡次隐瞒是何道理。花木兰仿效男子声音叫了一声“元帅”，这才使元帅和众将认出她就是花将军。花木兰将自己女扮男装替父从军报效祖国的经过禀告贺元帅。元帅听后大为赞赏，称她真是一位巾帼英雄。从此，花木兰留在家中，孝敬父母，她的英雄故事，万世流芳。

曹冲称象

有一次，吴国孙权送给曹操一只大象，曹操十分高兴。大象运到许昌那天，曹操带领文武百官和小儿子曹冲一同去看。

曹操等人都没有见过大象。这只大象又高又大，光说腿就有大殿的柱子那么粗，人走近去比一比，还够不到它的肚子。

曹操对大家说：“这只大象真是大，可是到底有多重呢？你们哪个有办法称它一称？”嘿，这么大个家伙，可怎么称呢？大臣们都纷纷议论。

一个说：“只有造一杆顶大顶大的秤来称。”

另一个说：“这可要造多大的一杆秤呀！再说，大象是活的，也没办法称呀！我看只有把它宰了，切成块儿称。”

他的话刚说完，所有的人都哈哈大笑起来。大家说：“你这个办法呀，真是笨极啦！为了称称重量，就把大象活活地宰杀了，难道不可惜吗？”

大臣们想了许多办法，一个个都行不通。可真叫人为难呀。

这时，从人群里走出一个小孩，对曹操说：“父亲，我有个法儿，可以称大象。”

曹操一看，正是他最心爱的儿子曹冲，就笑着说：“你小小年纪，有什么法子？你倒说说，看有没有道理。”

曹冲把办法说了。曹操一听连连叫好，吩咐左右马上做好准备，然后对大臣们说：“走！咱们到河边看称象去！”

众大臣跟随曹操来到河边。河里停着一只大船，曹冲叫人把象牵到船上，等船身稳定了，在船舷上齐水面的地方，刻了一条道道。再叫人把象牵到岸上来，把大大小小的石头，一块一块地往船上装，船身就一点儿一点儿往下沉。等船身沉到刚才刻的那条道道和水面一样齐了，曹冲就叫人停止装石头。

大臣们睁大了眼睛，起先还摸不清是怎么回事，看到这里不由得连声称赞：“好办法！好办法！”现在谁都明白，只要把船里的石头都称一下，把重量加起来，就知道象有多重了。

曹操自然更加高兴了。他眯起眼睛看着儿子，又得意洋洋地望望大臣们，好像心里在说："你们还不如我的这个小儿子聪明呢！"

鲁班造伞

很久很久以前，世界上没有伞。那时候，人们出门很不方便：夏天，皮肤被太阳晒得火辣辣的；下雨天，衣服被淋得湿漉漉的。鲁班想：要能做个东西，既能遮太阳又能挡雨，那多好呢。

鲁班动起了脑筋。他跟几个木匠一起在路边造了一个亭子，亭子的顶是尖尖的，四面用几根柱子撑住。接着，他们隔一段路造一个亭子，造了许多亭子。这样，走路的人就方便多了。雨来了，躲一躲；太阳晒得难受了，歇一歇，喘口气儿。鲁班给大家做了件好事，大家都很感激他。可是鲁班自己并不是很满意。他想，要是雨下个不停，那该怎么办呢？人总不能老蹲在亭子里不走哇。还得再想办法。

鲁班心想：要是能把亭子做得很小，让大家带在身上，该多好啊！可是用什么法子才能把亭子做得轻轻巧巧呢？为了这个事儿，他吃不香，睡不安。

鲁班想了许多天，还是没有想出来。一天，天气热极了，他一边做工，一边抹汗。这时，许多小孩子在荷花塘边玩，一会儿，一个孩子摘了一张荷叶，倒过来顶在脑袋上。鲁班看见了就问他们："你们头上顶着荷叶干什么呀？"孩子们七嘴八舌地说了起来："鲁班师傅，您瞧，太阳像个大火轮，我们头上顶着荷叶，就不怕晒了。"鲁班拿起一张荷叶来，仔细瞧了又瞧，荷叶圆圆的，一面有一丝叶脉，朝头上一罩，又轻巧，又凉快。

鲁班心里一下亮堂起来。他赶紧跑回家去，找了一根竹子，劈成许多细细的条，照着荷叶的样子，扎了个架子；又找了一块羊皮，把它剪得圆圆的，蒙在竹架子上。"好啦，好啦！"他高兴得叫起来，"这东西既能挡雨遮太阳，又轻轻巧巧。"鲁班的妻子听见他大呼小叫的，赶紧从屋里跑出来问他："出了什么事了？"鲁班把刚做成的东西递给妻子，说："你试试这玩意儿，以后大家出门去带着它，就不怕雨淋太阳晒了。"鲁班的妻子瞧了瞧，又想了想，说："不错不错，不过，雨停了，太阳下山了，还拿着这么个东西走路，可不方便了。要是能把它收起来，那才好呢。""对，对！"鲁班听了很高兴，就跟妻子一起动手，把这东西改成活动的，用它就撑开，不用就收拢。这就是咱们今天用的伞。

阿诗玛

从前有个叫阿着底的地方，贫苦的格路日明家生下了一个美丽的姑娘，阿爹阿妈希望女儿像金子一样发光，因此给她起名阿诗玛。她渐渐地长大了，像一朵艳丽的美伊花。阿诗玛“绣花包头头上戴，美丽的姑娘惹人爱，绣花围腰亮闪闪，小伙子看她看花了眼”。她能歌善舞，那清脆响亮的歌声，经常把小伙子招进公房。她绣花、织麻样样能干，在小伙子身旁像石竹花一样清香。

阿黑是个勇敢智慧的撒尼小伙子。他的父母在他12岁时，被土司虐待，相继死去。他被热布巴拉抓去服劳役。一天，他为主人上山采摘鲜果迷了路，在密林里挨冻受饿，受尽了惊骇，因怕主人责骂，不敢回去。正在这时，他遇到了放羊的小姑娘阿诗玛，她把阿黑领回家，阿黑被阿诗玛的阿爹、阿妈收养为义子。从此，阿黑和阿诗玛两小无猜，相亲相爱。渐渐地，阿黑长成了大小伙子，他的性格像高山上的青松——断得弯不得，成了周围撒尼小伙子的榜样。人们唱歌夸赞他道：

圭山的树木青松高，
撒尼小伙子阿黑最好；
万丈青松不怕寒，
勇敢的阿黑吃过虎胆。

阿黑十分勤劳，很会种庄稼。他在石子地上开荒种包谷，包谷比别人家的长得旺，包谷穗也比别人家的长得长。他上山砍柴，比别的小伙子砍得多。他从小爱骑光背马。他调理的马，骑起来矫健如飞。他挽弓射箭，百发百中。他的义父格路日明把神箭传给了他，使他如虎添翼。阿黑喜欢唱歌，他的歌声特别嘹亮。他喜欢吹笛子和弹三弦，他吹的笛声格外悠扬，他弹的弦子格外动听，不知吸引过多少姑娘。这年火把节，阿诗玛与阿黑互相倾吐了爱慕之情以后，这对义兄妹便双双定了亲。

一个街子天，阿诗玛前去赶街，被阿着底的财主热布巴拉的儿子阿支看中了，他要娶阿诗玛做媳妇。他回家央求父亲热布巴拉，请媒人为他提亲。热布巴拉早就听说阿诗玛的美名，马上答应了儿子的请求，请有权有势的媒人海热立即到阿诗玛家说亲。海热到了阿诗玛家，用他那麻蛇般的舌头，夸热布巴拉家如何如何好，怎么怎么富，阿诗玛嫁过去怎样怎样享福。阿诗玛听了之后说：“热布巴拉家不是好人家，他家就是栽起鲜花引，蜜蜂也不理他，清水不和浑水在一起，绵羊不能伴豺狼。”阿诗玛的回答惹恼了海热，他威胁道：“热布巴拉家是阿着底有钱有势的人家，热布巴拉的脚跺两跺，阿着底的山都要摇三摇。你要是不嫁过去，当心丢了家！”阿诗玛不管海热怎样威胁，就是不嫁。

转眼间，秋天到了，阿着底水冷草枯，羊儿吃不饱肚子，阿黑要赶着到很远的滇南热地方去放牧。临走时，阿黑向阿诗玛告别。他们互相嘱咐，依依不舍。阿黑走后，热布巴拉便起了歹心，派如狼似虎的打手和家丁抢走了阿诗玛。他想让阿诗玛磕了头，吃了酒，见了客，生米做成熟饭，不嫁也得嫁。阿诗玛忠于她与阿黑的爱情，她被抢到热布巴拉家以后，在热布巴拉夫妇的威逼利诱面前，始终不从，拒绝与阿支成亲。财主捧出金银财宝，指着谷仓和牛羊对阿诗玛说：“你只要依了阿支，这些都是你的。”阿诗玛瞧也不瞧，轻蔑地说：“这些我不稀罕，我就是不嫁你们家。”阿支绷着瘦猴似的脸，眨巴眨巴眼睛，恶狠狠地骂道：“你不答应嫁给我，就把你家赶出阿着底！”阿诗玛毫不畏惧地说：“大话吓不了人，阿着底不属于你一家的。”热布巴拉见阿诗玛软硬不吃，恼羞成怒，就命令家丁用皮鞭狠狠地抽打阿诗玛，阿诗玛被打得遍体鳞伤。热布巴拉的老婆诅咒阿诗玛是“生来的贱薄命，有福不会享”。阿诗玛被关进了黑牢，但她坚信，只要阿黑知道她被关在热布巴拉家，一定会来救她。

一天，阿黑正在牧羊，从阿着底来报信的人找到了他，告诉了阿诗玛被抢的消息。阿黑闻讯后，很为阿诗玛的安全担心，他立刻跃马扬鞭，日夜兼程，跨山涧，过险崖，赶回家来搭救阿诗玛。他来到热布巴拉家门口，阿支紧闭铁门不准进，提出要与阿黑对歌，唱赢了才准进门。阿支坐在门楼上，阿黑坐在果树下，两人对歌对了三天三夜。阿支缺才少智，越唱越没词，急得脸红脖子粗，声音也变得像癞蛤蟆叫似的，越来越难听了；而有才有智的阿黑越唱越起劲，脸泛笑容，歌声响亮。阿黑终于唱赢了，阿支只得让他进了门。但阿支又提出种种刁难，要和阿黑赛砍树、接树、撒种。这些活计阿支哪有阿黑熟练，阿黑件件都胜过了阿支。热布巴拉眼看难不住阿黑，便想出一条毒计，皮笑肉不笑地说：“天已经不早了，你先好好睡一觉，明天再送你和阿诗玛一起走吧！”阿黑答应住下，被安排睡在一间没有门的屋子里。半夜，热布巴拉指使家丁放出三只老虎，企图伤害阿黑。阿黑早有准备，当老虎张开血盆大口向他扑来时，他拿出弓箭，对准老虎连射三箭，射死了老虎。第二天，热布巴拉父子见老虎死了，很惊异，再也无计可施，只好答应放阿诗玛。可当阿黑走出大门等候时，热布巴拉又变卦了，立即关闭了大门，不放出阿诗玛。

阿黑忍无可忍，立刻张弓搭箭，连续射出三箭。第一箭射在大门上，大门立即被射开；第二箭射在堂屋柱子上，房屋震得嗡嗡响；第三支箭射在供桌上，震得供桌摇摇晃晃。热布巴拉吓慌了，连忙命令家丁拔下供桌上的箭。可是，那箭好像生了根，没人能够拔得下。他只好叫人打开黑牢门，放出阿诗玛，并向她请求道："只要你把箭拔下来，我马上就放你回家。"阿诗玛鄙夷地看了热布巴拉一眼，走上前去，像摘花一样轻轻地拔下了箭，然后同阿黑一起离开了热布巴拉家。

热布巴拉父子眼巴巴看着阿黑领走了阿诗玛，心中很不服气，但又不敢去阻拦。心肠歹毒的热布巴拉父子不肯罢休，又想出丧尽天良的毒计。他们知道，阿黑和阿诗玛回家要经过十二崖子脚，便勾结崖神，要把崖子脚下的小河变成大河，淹死阿黑和阿诗玛。热布巴拉父子带着家丁赶在阿黑和阿诗玛过河之前，趁山洪暴发把小河上游的岩石扒开放水。正当阿黑和阿诗玛过河时，洪水滚滚而来，阿诗玛被卷进漩涡，阿黑只听到阿诗玛喊了声"阿黑哥来救我"，就再也没听见她的声音，没看见她的踪影了。

阿诗玛不见了，阿黑挣扎着上了岸，到处寻找阿诗玛。他找啊找，找到天放晴，找到大河又变成小河，都没有找到阿诗玛。他大声地呼喊："阿诗玛！阿诗玛！阿诗玛！"可是，只听到那十二崖子顶回答同样的声音："阿诗玛！阿诗玛！阿诗玛！"

原来，十二崖子上的应山歌姑娘见阿诗玛被洪水卷走，便跳入漩涡，排开洪水，救出阿诗玛，一同在十二崖子住下。阿诗玛变成了石峰，变成了抽牌神（回声神）。从此，你怎样喊她，她就怎样回答。

阿黑失去了阿诗玛，但他时时刻刻想念着她。每天吃饭时，他盛着包谷饭，端着饭碗走出门，对石崖子喊："阿诗玛！阿诗玛！"那站在石崖子上的阿诗玛便应声："阿诗玛！阿诗玛！"

小伙伴们在阿诗玛站的石崖子下，对着石崖子上的阿诗玛弹三弦，吹笛子，唱山歌，那石崖子上的阿诗玛也会应和着铮铮弦音、悠扬笛声，唱起山歌。

阿诗玛的声音永远回荡在石林；她的身子，已经化成山崖，永远和她的乡亲相伴。从此，你怎样叫她，她就怎样回答你。她的声音，她的影子永远留在了人间。

长发妹

陡高山腰有一道长长的瀑布，像个女人躺在悬崖上把她的又长又白的头发垂下山来一样。当地的人叫这瀑布做白发水。

这里流传着一个长发妹的故事哩。

很早以前，陡高山附近是没有水的。这里人们吃用的水和田地里用的水都要靠天下雨，若天不下雨就得到七里外的小河里去挑水。因此，这里的水像油一样宝贵。

陡高山附近的村庄有个姑娘，她的头发青黝黝的，由头顶拖到脚后跟。平日里，她总是把头发盘在头顶上，头顶上盘不完就绕在颈上、肩上。大家叫这姑娘长发妹。

长发妹家里只有一个风瘫的妈妈，躺在床上动弹不得。整个家只靠长发妹一个人养猪来维持生活。她每天把头发盘在头上、颈上，到七里外的小河里挑水，又到陡高山扯猪菜回来喂猪。她每天都忙这忙那，一刻都无法休息。

有一天，长发妹背起竹篮到陡高山上去扯猪菜。她爬上了山腰，爬过一个大悬崖，看见一个萝卜长在大石壁上，叶子翠翠绿绿的，非常可爱。

她想：这个萝卜拔回家去煮来吃，一定香甜可口。

她双手用劲一拔，拔出萝卜就看见一个圆圆的洞眼，从洞眼里流出一股清澈的泉水来。一会儿，“刷”的一声，萝卜从她手里飞了出去；再“卜”的一声，萝卜又塞在石壁上的洞眼里，水也流不出来了。

长发妹口很渴，想喝水。于是，她又把萝卜拔出来，洞眼里又流出了泉水。她将嘴凑近洞眼，饱饱地喝了几口水。这水清凉又甘甜，像雪梨汁一样。但是，她的嘴刚离开石洞眼，“刷”的一声，萝卜从她手里飞了出去；再“卜”的一声，萝卜仍旧塞在石壁上洞眼里，水流不出来了。

长发妹在悬崖上呆呆地望着。忽然，刮起了一阵大风，把长发妹刮到一个山洞里。

山洞里的石墩上坐着一个满身黄毛的人。他对长发妹恶声恶气地说：“我这个山泉的秘密给你发现了，你可不能告诉别人。你若告诉别人，别人也来这里取水，我就杀死你。我是山神，你记着!”又刮起一阵大风，把长发妹刮到山脚底。

长发妹闷头闷脑地走回家去。

她不敢把泉水的事告诉妈妈，更

不敢告诉给村上的人。她一想到凶恶的黄毛人，马上满身鸡皮疙瘩。

长发妹是个好心肠的姑娘，她怎能不把泉水的消息告诉给村上的人听呢？然而，她又怎么敢把泉水的消息告诉给村上的人呢？她痛苦极了！原本活蹦乱跳的长发妹，近来变得呆头呆脑的了。

她看见田地里的土干巴巴的，庄稼枯黄黄的；看见村上的男女老少每天挑着水桶到七里外的小河里去挑水，每个人都是汗流满面、气喘吁吁的。

她想告诉村上的人：陡高山上有泉水，只要扯掉萝卜，砍碎萝卜，凿大洞眼，泉水就会哗哗流下山来。她嘴一张，刚说出“陡高山上有……”，可一想到凶恶的黄毛人，她的话就咽进肚子里去了。

她痛苦极了！

她吃不下饭，睡不着觉，整日像个哑子，像个呆子。她的眼睛不再是水汪汪的，而是阴暗暗的了；她的脸蛋不再是红绯绯的，而是黄蜡蜡的了；她的长头发不再是青黝黝的，而是枯焦焦的了。

妈妈抓住长发妹瘦瘦的手说：“孩子，你怎么了？你生病了吗？”

可是，长发妹咬住嘴唇，不说话。

一天一天过去，一月一月过去。

长发妹的头发由青黝黝变成白雪雪的了。她没有精神梳理，也没有精神挽起，让这白雪雪的长头发散披在身上，像一个白毛人。

“啊，好奇怪啊！年纪轻轻的姑娘，满头白雪雪的头发！”

这话在各处传讲着。

长发妹呆呆地靠在大门口，望着来来往往的人。她喃喃地说：“陡高山上有……”她说到这里，就用牙齿紧咬住嘴唇，咬出一个个的血印子。

有一天，长发妹靠在门口，看见一个白胡子老人由七里外的小河里挑回一担水，颤颤巍巍地走在路上。一不留心，踢到了一块石头，跌倒在地上。水桶坏了，水泼光了，老人的腿子撞破了，鲜血一直淌着。

长发妹跑过去扶起老人。她撕下一块衣襟，蹲下来替老人包住伤口。听着老人哎哟哎哟地哼着，看着老人紧闭着的眼睛和脸上不断抽搐的皱纹，长发妹自言自语地说：“长发妹，你好怕死啊！因为你怕死，田地里的泥土才干巴巴！因为你怕死，田地里的庄稼才黄枯枯！因为你怕死，全村的人才累得汗流满面、气喘吁吁！因为你怕死，老爹爹才跌断了脚！你，你，你！……”她捶打着自己的头。

她再也忍不住了。她忽然大声地对老人说：“老爹爹，陡高山上有泉水啊！只要拔掉萝卜，砍碎萝卜，凿大石洞眼，泉水就会哗哗地流下山来了。真的，真的！我亲眼见过！”

她不待老人回答，她站了起来，披着长长的白头发，像疯子一样在村上来回跑着，大声呼喊：

“陡高山上有泉水啊！只要拔掉萝卜，砍碎萝卜，凿大石洞眼，泉水就会哗哗地流下山来了。真的，真的！我亲眼见过！大家快去吧！”

接着她又说出发现泉水的经过，只是没有把山神威胁她的话说出来。

村里的人素来认为长发妹是好心肠的孩子，大家都相信她的话。他们有的拿菜刀，有的拿钢凿，跟着长发妹爬上陡高山，爬过大悬崖。长发妹双手拔下石壁上的萝卜，丢在石头上，说：“大家砍碎这萝卜，快！砍碎它，快！”几把菜刀剁剁剁的，把萝卜砍成了碎渣渣。

石洞眼的泉水刷刷地射出来了。可是，石洞眼只有茶杯大，泉水流出不多。长发妹又说：“大家用钢凿用力凿啊！把石洞眼凿得宽宽的，快凿呀！快凿呀！”于是大家动起手来，凿呀凿呀，一会儿，石洞眼有大碗那么大了！再一会儿，石洞眼有水桶那么大了！再一会儿，石洞眼有大水缸那么大了！泉水哗啦啦地向山下奔流下去。

人们欢呼雀跃，并哈哈笑起来。

就在这个时候，一阵大风刮来，长发妹不见了。

大家都看着泉水笑，没有发现长发妹已经不在人群里了。

后来有人说：“长发妹呢？”随着有人回答：“她大概是先回家了吧，回去向生病在床的妈妈报告好消息去了！”

大家欢欢喜喜地爬过悬崖，向山下走去。可是，长发妹不是先回家，而是被山神抓去了。山神用一阵风把长发妹抓进山洞。他大声叱责说：“叫你不要告诉别人，你却带起大批人来砍碎萝卜，凿大石洞眼。现在要把你杀死！”

长发妹披着白头发，冷冷地说：“为了大家我愿意死。”

山神磨着牙齿说：“我不让你好好死！我要你躺在悬崖上，让泉水从高处冲在你身上，叫你长期受痛苦！”

长发妹冷冷地说：“为了大家，我愿意被水冲。可是，我请求你让我回家一趟，让我托人照顾我生病的妈妈和几个猪仔。”

山神想了一想，说：“我就让你回家一趟。你若不来，我就封住泉水，还要杀死全村的人！你来时，自己躺在悬崖上，不要再来麻烦我了！”

长发妹点点头。

一阵大风把长发妹从洞里刮下山去。

长发妹望着泉水哗啦啦地流下山

来，望着田地里水汪汪的，望着庄稼青乎乎的，她笑了，心满意足地笑了！

她回到家里，她不能把实话对妈妈讲啊！讲了会急死妈妈的。她只说：“妈，陡高山上有水流下来了，我们村上不愁水了。”接着又说：“妈，邻村的小姐妹邀我去玩几天，我交代隔壁婶婶来照顾你和小猪。”

妈妈笑着答应说：“好的！”

长发妹到隔壁交代了婶婶，回转家来摸着妈妈的脸，说：“妈，我说不定要在邻村玩十几天啊！你……”

妈妈说：“你高兴玩就玩吧！隔壁婶婶是个好人，会照顾我的。”

长发妹忍不住又摸摸妈妈的脸，摸摸妈妈的手，眼泪不停地往下流。她到猪栏边，摸摸小猪的头，摸摸小猪的尾巴，想到自己再也见不到它们了，不禁又红了眼眶。

长发妹在屋门口说了一句：“妈，我走了！”不等妈妈回话，就甩甩长长的白头发朝陡高山走去。

半路上有一株枝繁叶茂的大榕树。以前，长发妹经过这里，总会坐在树下的石块上乘凉。于是她走过树底，摸一摸树干，说：“大榕树啊，以后我不能再来你下面乘凉了！”

忽然，大榕树后走出一个高大的老人，绿色的头发，绿色的胡子，穿着一身绿色的衣服。他说：“长发妹，你去哪里呢？”

长发妹叹了一口气，低着头不出声。

老人说：“你的事情我已经知道了。你是好人，我要救你。我凿了一个像你的石头人。你来大树后面看吧！”

长发妹转过大树后，看见一个用大石头凿成的石姑娘，很像自己，只是没有头发。长发妹呆住了。

老人说：“山神要你躺在悬崖上被水冲，这苦可受不了呀！我把这石头人扛到悬崖上，让石头替你受刑，只是这个石头人缺少长长的白头发。小姑娘，你稍微忍受一下，我把你的白头发扯下来，安在石头人的头上。这样，山神才不会疑心。”

老人不待回答，就按住长发妹的头扯头发。一索一索地扯下，一索一索地安在石头人的头上。说也奇怪，扯下来的头发一安上就生了根。长发妹的头光了，石头人的头上却长满了雪白的长头发。

老人笑笑地说：“姑娘，你回家吧，这村里的田地有水了，你和村里的人下田耕种吧！以后村里人的生活会慢慢好起来的！”说完，他扛起石头人，飞快地朝陡高山跑去。

绿老人扛着白头发的石人，爬上陡高山，走到悬崖边。他把石人放去上去，让急流的泉水冲着。泉水冲在石人身上，依着石人的头发流下山来，长长的，白白的。

啊！白发水！白发水！

长发妹靠着树干看呆了。她忽然觉得自己头上痒痒的，伸手一摸，啊！头发又长出来啦！啊！头发又长长地垂下地来啦！她用手拉过前面一看，啊！青黝黝的！她高兴得跳起来！

她在大榕树下等了许久，不见绿老人回来。忽然，微风吹来，大榕树枝摇叶动，并发出了声音："长发妹，山神被瞒住了，你赶快回家去吧！"

长发妹望望陡高山上长长的白发水，望望山脚下青乎乎的庄稼，望望田头地尾高高兴兴的人们，望望绿幽幽的大榕树。她甩着青黝黝的长头发，蹦蹦跳跳地回家了。

梁山伯与祝英台

从前有一个姓祝的地主，人称祝员外，他的女儿祝英台不仅美丽大方，而且非常的聪明好学。但由于古时候女子不能进学堂读书，祝英台只好日日倚在窗栏上，望着大街上背着书箱来来往往的读书人，心里羡慕极了！难道女子只能在家里绣花吗？为什么我不能去上学？她突然反问自己：对啊！我为什么就不能上学呢？

想到这儿，祝英台赶紧回到房间，鼓起勇气向父母要求："爹，娘，我要到杭州去读书。我可以穿男人的衣服，扮成男人，一定不让别人认出来，你们就答应我吧！"祝员外夫妇开始不同意，但经不住英台撒娇哀求，只好答应了。

第二天早上，天刚蒙蒙亮，祝英台就和丫鬟扮成男子的模样，辞别父母，带着书箱，兴高采烈地出发去杭州了。

来到学堂的第一天，祝英台遇见了一个叫梁山伯的男同学，此人学问出众，人品也十分优秀。她想：这么好的人，要是能天天在一起，一定会学到很多东西，也一定会很开心的。而梁山伯也觉得与祝英台很投缘，有一种一见如故的感觉。于是，在学习上他们常常一起谈诗论文，谈得情投意合；在生活上他们相互关心体贴，促膝并肩，两小无猜。后来，两人结拜为兄弟后，更是时时刻刻形影不离。

春去秋来，一晃三年过去了，学年期满，该是打点行装、拜别老师、返回家乡的时候了。同窗共读整整三年，祝英台已经深深爱上了她的梁兄，而梁山伯虽不知祝英台是女生，但也对她十分倾慕。他俩恋恋不舍地分了手，回到家后，都日夜思念着对方。几个月后，梁山伯前往祝家拜访，结果令他又惊又喜。原来这时，他见到的祝英台，已不再是学堂里的那个清秀的小书生，而是一位年轻貌美的大姑娘！再见的那一刻，他们都明白了彼此之间的感情：两人早已心心相印了。

回到家后，梁山伯立刻请人到祝家去提亲。可祝员外哪会看得上梁山伯这个穷书生呢，他早已把女儿许配给了有钱人家的少爷马公子。梁山伯顿觉万念俱灰，一病不起，没多久就死去了。听到梁山伯去世的消息，一直与父母抗争以反对“父命之命，媒妁之言”的包办婚姻的祝英台反而变得异常镇静，并且还顺从父母答应了马家的婚事。到了成亲这天，她套上红衣红裙，走进了迎亲的花轿。迎亲的队伍一路敲锣打鼓，非常热闹。但是，当迎亲的队伍路过梁山伯的坟前时，忽然间飞沙走石，花轿不得不停了下来。祝英台走出轿来，脱去红装，一身素服，缓缓地走到坟前，跪在地上放声大哭。霎时风雨飘摇，雷声大作，“轰”的一声，坟墓裂开了。祝英台似乎又见到了梁山伯那温柔的面庞，她微笑着纵身跳进裂开的坟墓。接着又是一声巨响，坟墓合上了。这时风消云散，雨过天晴，各种野花在风中轻柔地摇曳，迎亲的人只看见一对美丽的蝴蝶从坟头飞出来，在灿烂的阳光下自由地翩翩起舞，却不知道新娘的去向了。

白蛇传

清明时节，西湖岸边花红柳绿，断桥上面来来往往的游人络绎不绝，真是一幅春光明媚的美丽图画。突然，两个如花似玉的姑娘从西湖底悄悄升上来。怎么回事？人怎么会从水里升出来呢？原来，她们是两个修炼成了人形的蛇精。尽管她们是妖怪，但她们并无害人之心，只因为羡慕世间的多彩人生，才变成人形，一个化名叫白素贞，一个化名叫小青，来到西湖边游玩。

正当二人玩耍得高兴时，天公却不作美，霎时间下起了倾盆大雨。白素贞和小青被淋得无处藏身，正在发愁之际，突然只觉头顶多了一把伞，转身一看，只见一位温文尔雅、白净秀气的年轻书生撑着伞在为她们遮雨。白素贞和这小书生四目相交，都不约而同地红了脸，相互产生了爱慕之情。小青看在眼里，忙说：“多谢！请问客官尊姓大名？”那小书生道：“我叫许仙，就住在这断桥边。”白素贞和小青也赶忙作了自我介绍。从此以后，他们三人常常见面，白素贞和许仙的感情也越来越好，过了不久，二人就结为夫妻，并开了一间名为“保和堂”的药店，过着幸福的生活。

由于“保和堂”治好了很多疑难病症的病人，而且给穷人看病配药还分文不收，因此药店的生意越来越红火，远近来找白素贞治病的人越来越多，人们甚至将白素贞亲切地称为“白娘子”。可是，“保和堂”的生意兴隆、许仙和白娘子的幸福生活却惹恼了一个人——金山寺的法海和尚。因为人们的病都被白娘子治好了，到金山寺烧香求菩萨的人就相应地变少了，香火不旺，法海和尚自然就高兴不起来了。这天，他来到“保和堂”门外，看到白娘子正在给人治病，不禁妒火中烧，再定睛一瞧，他便知道了白素贞的真实身份：原来这白娘子不是凡人，而是由一条白蛇变的！

法海是个略懂小法术却心术不正的和尚。他自从看出了白娘子的身份后，就整天想拆散许仙白娘子夫妇、搞垮“保和堂”。于是，他偷偷把许仙叫到金山寺，对他说：“你娘子是蛇精变的，你快点和她分手吧。不然，她会吃掉你的！”许仙一听，非常气愤，他想：我娘子心地善良，对我的情意比海还深。就算她是蛇精，也不会害我，何况她如今已有了身孕，我怎能离弃她呢？法海见许仙听不进他的话，也不上他的当，于是恼羞成怒，便把许仙关在金山寺里了。

“保和堂”里，白娘子正焦急地等待许仙回来。一天、两天，左等、右等，白娘子心急如焚。终于打听到原来许仙被金山寺的法海和尚给“留”住了，白娘子赶紧带着小青来到金山寺，苦苦哀求，请法海放回许仙。法海见了白娘子，一阵冷笑，说道：“大胆妖蛇，我劝你还是快点离开人间，否则别怪我不客气了！”白娘子见法海拒绝放人，无奈之下，只得拔下头上的金钗，迎风一摇，掀起滔滔大浪，向金山寺直逼过去。法海见水即将漫过金山寺，连忙脱下袈裟，变成一道长堤，将水拦在寺门外。大水涨一尺，长堤就高一尺，大水涨一丈，长堤就高一丈。任凭波浪再大，水就是漫不过去。再加上白娘子有孕在身，实在斗不过法海，后来，法海使出欺诈的手法，将白娘子收进金钵里，并将她压在了雷峰塔下，把许仙和白娘子这对恩爱夫妻活生生地拆散了。

小青逃离金山寺后，数十年都藏在深山练功，皇天不负有心人，最后终于打败了法海，并将法海逼进了螃蟹腹中，救出了白娘子。从此，她和许仙白娘子夫妻以及他们的孩子们幸福地生活在一起，再也不分离了。

韩愈投书苍龙岭

苍龙岭是西岳华山的一处著名景观，也是从云台峰通往“天外三峰”的一条险径。远远望去，像一条直冲云霄的游龙，游行在两山之间，龙脊突兀，宽不足三尺，两边皆为万丈深渊。云涌华山之时，苍龙岭若隐若现，十分神奇险峻。苍龙岭的顶端有一“逸神崖”，上刻“韩退之投书处”六个大字。这处遗迹蕴含了一段唐朝杰出文学家韩愈游览华山的有趣故事。

韩愈被贬后，心情十分不好，刚好遇到他的侄子韩湘子和华山道士吕洞宾，二人劝说韩愈去华山一游，以解心头之闷。韩愈一向对名山大川比较感兴趣，但因以往政务冗忙，没有闲余时间，所以很少出去浏览，今日，经他俩一提，正合其意，便道：“也好。只是道路崎岖，如何去得？”韩湘子道：“这有何难？”于是两个道人携着韩愈飘至山顶，将韩愈放下后两人就离去了。

韩愈站在山顶，放眼环视，只见华山层峦叠嶂，苍松郁郁，小径通幽，奇鸟鸣丛，悦耳动听，好似人间仙境一般。他漫步山上，观赏了镇岳宫、玉井楼、二十八宿潭。他纵目西峰，气势磅礴，莲叶覆顶，开石为洞，庙宇依山势而建，道路凿巨石而成，山日天光，光辉相映，翠草绿树，互为衬托。无限奇景佳境使得韩愈诗兴大发，于是吟道：“太华峰顶玉井莲，花开十丈藕如船。冷比霜雪甘比蜜，一片入口沉疴痊。我欲求之不惮远，青壁无路难寅缘。安得长梯上摘实，下种七泽根株连。”吟完之后，又兴致勃勃地登上极顶仰天池，享受一下那“可通帝座”的最高点。他来到南天门，观看了凌空高撑的长空栈道。他怀着欲罢难舍的心情，走遍了东峰，领略了关中八景之首的“华岳仙掌”。下了金锁关，来到五云峰，他心想“上山容易下山难”，便迈开脚步往下走，转眼来到“苍龙岭”顶端，往下一看，天际茫茫，苍龙岭形似云雾中的一座独桥，两边深不见底。面对此景，韩愈不由得目瞪口呆，两腿发软，一步也不敢迈出了(唐时的华山，不像现在这样凿石为阶，设栏护路，履险如夷。唐时不过是在“龙”的脊背上粗凿了几个石窝而已，游人到此，只能手脚并用攀爬而上下，像这样的险境，怎能不使善习文弄墨的韩愈胆战心惊呢)。但形势所逼，又不得不下山，因为当时的华山非今日可比，荒寂无人，虫兽出没，不是久留之地。韩愈鼓足勇气向下走，但走不了几步又退回来，脚下还不时打滑，紧张得冷汗直流，浑身颤抖。为减轻行李，他把所带的书籍都丢下岭去，但还是不能前行半步。被困多时的韩愈，突然想到自己的坎坷遭遇，不由得放声大哭，并悲叹道："难道我韩愈就葬身于此了?!"但韩愈毕竟是位大智者，热爱生活、热爱生命的强烈愿望使他急中生智：他拿出随身携带的笔墨砚台，很快写好了一封求救信扔下山去。不久之后，华山采药者捡到此信，并报告了华阴县令，县令立即派人将韩愈救下山去。

后来，有一位山西百岁老人赵文备游到"韩退之投书处"，有感韩愈的逸事，于是大笑不止。后人又在旁边题刻"苍龙岭韩退之大哭词家赵文备百岁笑韩处"。清代李柏登山至此，面对一哭一笑，又表现出另一种心态，并作诗云："华之险，岭为要。韩老哭，赵老笑，一苦一笑传二妙。李柏不笑也不哭，独立岭上但长啸。"

韩愈在苍龙岭留下的这段逸事，为我们增添了许多情趣和遐想，而苍龙岭的险峻和神奇迷人的魅力也深深地吸引着世人。

唐伯虎妙对点秋香

话说明朝大画家、大诗人唐伯虎，他玩世不恭又才气横溢，诗文并举，与祝允明、文徵明、徐祯卿并称"江南四才子"，画名更著，与沈周、文徵明、仇英并称"吴门四家"。但他风流成性，为了秋香，自称是一个落泊的公子，卖身到华府为奴，改名华安。他在华府担任书童，终日陪伴公子华文和华武读书。

有一天，华太师带着两个儿子，还有师爷和一群奴仆去春游，游得兴致正浓的时候，他突然想考一考自己的儿子的学业。他看见园里到处是蒲叶、桃树和葡萄，便随口吟出上联来：

蒲叶桃叶葡萄叶，草本木本。

谁都知道这华文华武兄弟俩是一对活宝，自然是张口结舌，对不出来。那师爷是一个奉承的高手，平日只知溜须拍马，他见自己的学生对不出来，马上恭维说："太师才高八斗，学富五车，文才盖世无双，这上联虽然是信手拈来，但是这是绝对，蒲叶和桃叶的谐音组成葡萄叶，草本木本又指出了它的科目，这实在是一首绝联，任何人都没有办法对出下联。佩服！佩服！”

唐伯虎听了师爷的话，不禁哂笑。华太师得到师爷的恭维，正在沾沾自喜，但看见华安哂笑，顿时勃然大怒道：“大胆奴才！你为何哂笑？难道你能对此联？”

唐伯虎跪下禀道：“让奴才试一试！”

他边走边观花园里的景致，目光在那两旁的花丛中观察。哦，有下联了，他随口说道：“梅花桂花玫瑰花……”但念到此就卡住了，华太师说：“对下去！”

唐伯虎张口结舌，汗流浃背，非常尴尬，快要被难住了，突然看见自己心爱的姑娘秋香和另一个名叫春香的丫头站在华太师身旁，脑中灵光一现，于是他脱口而出：“春香秋香！”

华太师点头赞道：“梅花桂花的谐音是玫瑰花，春香秋香又指出它们开花季节，‘蒲叶桃叶葡萄叶，草本木本！梅花桂花玫瑰花，春香秋香！’对得好，对得好呀！华安，回去可领奖赏！”

华太师看着自己愚昧的儿子感叹道：“鸡冠花未放！”华安瞟了逢迎拍马的师爷一眼，讽刺答道：“狗尾草先生！”

从此，华太师就不敢小看华安了，从交谈中，知他很有学问，但是总以为他真的是一个落泊的公子。华太师哪里想到华安就是大名鼎鼎的唐伯虎，为了秋香姑娘，卖身为奴，做出这样的荒唐事。此后，华安就代替了师爷的地位，教导两位公子读书识字。由于得到唐伯虎的得力调教，华文、华武后来大有长进，也双双中了举。华太师为了报答华安，允许他自选一个丫头为妻，于是唐伯虎就选了早已相中的秋香，成为文坛的千古风流佳话。

宰相肚里能撑船

古时候，有个年近古稀的老宰相，又娶了一个名叫彩玉的小媳妇。十八岁的彩玉，长得如花似玉。自从嫁给这位老宰相，虽说有享不尽的荣华富贵，可她总是闷闷不乐，暗暗埋怨父母不该把她嫁给一个年迈的老头子。

一天，彩玉独自到后花园赏花散步，碰上了一个正在工作的年轻的小花匠。这位花工眉清目秀，一表人才。两人一见钟情。从那日起，彩玉常常偷偷地到花园里同花匠相会。有一回，彩玉对花匠说：“你我花园相会，毕竟不是长法。我有一计，可使咱俩天天相会，如同夫妻一般。”花匠问什么妙计，彩玉就向花匠照实说出了自己的主意。

原来，老宰相恐怕误了早朝，专门养了一只“朝鸟”。这鸟天天五更头就叫，老宰相听到鸟叫，就起身上朝。彩玉让小花匠四更就用竹竿捅“朝鸟”，让它提前叫唤，等老头子一走，他俩就可团聚了。

这天，老宰相听到“朝鸟”的叫声，连忙起身上朝。等来到宫殿外，刚好鼓打四更。他想，这鸟怎么叫得不准了？于是就转身回了家。他走到自家的房门外，听到彩玉说：“以后早点来捅一下朝鸟。”停了一霎又说：“你这个小花匠真像一枝花。”小花匠说：“你活像粉团，却配了一块干巴姜，多可惜呀。”宰相听到这里，气得浑身发抖，但并没有声张，又上朝去了。

第二天正是一年中的中秋佳节，老宰相有意把彩玉和花匠叫来，一起在后花园牡丹亭中吃酒赏月。酒过三巡，月到中天，老宰相捋了捋胡子说：“今晚咱们赏月作诗，我先作，你俩也要接我的诗意作上几句。”说完就高声吟道：“中秋之夜月当空，朝鸟不叫竹竿捅，花枝落到粉团上，干姜躲在门外听。”

花匠一听，自知露了馅，扑通跪在桌前，说：“八月中秋月儿圆，花匠知罪跪桌前，大人不把小人怪，宰相肚里能撑船。”

彩玉见事情已经挑明，也连忙跪倒在地，说：“中秋良宵月偏西，十八妙龄伴古稀，相爷若肯抬贵手，粉团刚好配花枝。”

老宰相听了哈哈大笑说：“老少匹配本不宜，意马难拴我自知。花枝应偕粉团去，速离相府成夫妻。”

彩玉和小花匠听了，连忙叩头谢恩，携手离府而去。

和尚戏乾隆

乾隆皇帝游江南，其实并不是真心游山玩水。他怕江南百姓造反，特意借个游山玩水的名义，到江南来探听消息，察看虚实。

那时，杭州南屏山净慈寺有一个和尚，名叫诋毁。这和尚不讲究诵经打坐，专喜欢议论天下大事。要讲便讲，要骂便骂，毫无顾忌。只因他讲得有理，骂得有趣，所以老百姓都喜欢亲近他。

乾隆皇帝到了杭州，听说有这样一个和尚，他眉头就打起个疙瘩，心想：这老和尚取这样一个怪名号，必定是个隐迹山林的明朝遗老、不守本分的人。我倒要去听听他到底诋毁些什么。于是，他换上一身蓝衫，拿把描金折扇，扮成秀才的模样，一摇一摆地去游净慈寺，指名要会会那位众人口中的诋毁和尚。

诋毁和尚从寺里出来，乾隆皇帝见了他，便问道："老师父就是诋毁和尚吗?"诋毁和尚回答说："不错，我就是诋毁和尚，诋毁和尚便是我。"乾隆皇帝又问："老师父是从小出家的呢，还是半路出家的呢?"诋毁和尚说："我嘛，是半路出家的。秀才你问我这些做啥?"乾隆皇帝没得话讲了，眼光一扫，看见和尚身上那件千补百衲的破袈裟，便说："听说老师父是个有德行的高僧，为啥穿这丝瓜筋一般的破衣衫呀?"诋毁和尚笑道："我年轻的时候，也穿过锦绣的衣衫哩！后来那锦绣衣衫被野狗撕碎了，我就做了和尚，穿起这破麻皮的袈裟来啦！不过我穿的虽然破烂，心术可是正的。不比那些穿着官服的老爷，看起来一表人才、富丽堂皇，暗地里男盗女娼。"

乾隆皇帝当头挨了一闷棍，又发作不出来，心里恨恨地想：这诋毁和尚，果然名不虚传！总得找个岔子，好狠狠地治他的罪。他肚皮里打着恶算盘，面孔上却堆起假笑，叫诋毁和尚领他进寺里到处转转。

他们进了净慈寺山门，见旁边的人在劈毛竹做香篮。乾隆皇帝眼珠一转，随手拾起一块劈开的毛竹片，把青的一面朝着诋毁和尚，问道："老师父，这个你们叫什么呀?"诋毁和尚说："这个叫竹皮。"乾隆皇帝把毛竹片掉转个面，将白的一面朝着诋毁和尚，又问："老师父，这个叫什么呢?"诋毁和尚道："这个吗，我们都叫它竹肉。"乾隆皇帝皱起眉头苦笑道："好一个新鲜的名称哪！"诋毁和尚打个哈哈说："老客人呀，如今这世道变啦，名称也得跟着变哩！"

乾隆皇帝吃瘪了，只好闷声不响。原来当时正在大兴文字狱，朝廷专门找岔子杀人。如果诋毁和尚照着老称呼，把毛竹片青的一面叫篾青，把白的一面叫篾黄，就会被乾隆皇帝抓住小辫子，诬他要"灭清"、"灭皇"，杀他的头。乾隆皇帝拿毛竹片问诋毁和尚，就是想找他一个岔子，结果却被和尚嘲笑了一番。乾隆皇帝进大雄宝殿去拜过如来，又到罗汉堂看了佛像。最后，他们来到香积厨。

香积厨就是寺院里的伙房。乾隆皇帝东张西望，见灶下放着一担豆芽菜。偏巧这时窜过来一条小狗，扯起后腿在豆芽菜上撒了一泡尿。乾隆皇帝看在眼里，就问："老师父，这豆芽菜算不算干净的东西?"诋毁和尚说："豆芽菜水中生，水中长，当然是最干净的东西啦！"

乾隆皇帝鼻孔里哼了一声，说："有狗尿浇在上面，怎么还说它是干净的呢?"诋毁和尚哈哈大笑："俗话说‘眼不见为净，耳不听为真。’你看见只当没看见，岂不就干净了吗？这点小事，何必如此认真呢！譬如有的人，日日夜夜挨天下百姓咒骂，但他却装作没听见，还厚着脸皮自吹自擂，说自己是圣人哩！”

乾隆皇帝听了这话语，气得火冒三丈，但又怕泄露了自己的身份，不好发作。心想再找个岔子，一时却想不出题目。正在为难之际，突然听到厨房后门外有个小贩在高声叫卖：“茶叶蛋……卖茶叶蛋啰！”他灵机一动，说肚子饿了，就以买茶叶蛋为借口，灰溜溜地从后门溜走了。

大脚马皇后

马皇后是明朝的第一个皇后，即开国皇帝朱元璋的妻子。她死后陪葬在朱元璋的陵寝，尊谥为“孝慈贞化哲惠仁徽成天毓圣至德高皇后”，是明代谥词最长的皇后，也是明代唯一能当得起这么长谥词的皇后。但是，在那些旧文人的眼里，马皇后什么都好，却天生大脚，这是唯一美中不足的地方。

元朝末年发生了白莲教大起义，马皇后的父亲为了躲避战乱，带着女儿去投靠在濠州起义的好友郭子兴。马父在死之前把女儿托付给郭子兴，郭子兴便把马小姐收为义女，视若己出，十分疼爱她。而此时的朱元璋还只是郭子兴帐下的一名小卒，但朱元璋计谋多，有决断，作战勇敢，很快便升为亲兵九夫长。郭子兴也越来越倚重这个和尚出身的九夫长，什么事都和朱元璋商量，对他言听计从，为了笼络住朱元璋，他就把自己的义女马小姐嫁给朱元璋。这时朱元璋二十五岁，而马小姐二十岁。

朱元璋和马秀英刚结亲时，一看马秀英的那双大脚，还真觉得有点头疼，马秀英看出他的心思了，就说：“我也不嫌你长得像个丑八怪，你也别嫌我大脚。咱们两个将就吧。”这马皇后是一个没有缠过足的大脚女人。

可别小看这缠足，在我国的封建社会里，如果谁家的姑娘不缠足，长出和男人一样大小的脚来，这姑娘即使长得再漂亮，身材再苗条，也会被别人看作丑八怪。当时就流行这么一句话“姑娘脚大，难找婆家”，姑娘们必须要有一双“三寸金莲”的小脚才算得上漂亮。

马皇后小时候怎么会不缠足呢？原来，她的父亲马公是郭子兴的好朋友，经常随郭子兴外出打仗，而她的母亲死得特别早，家里没人照顾马姑娘，所以马姑娘的脚也就没有缠。马皇后当姑娘的时候，别人给他起了一个绰号，叫“马大脚”。她当了皇后，尽管别人不敢再这么叫她了，可仍然还有很多人在背地里暗暗叫她“大脚皇后”。

婚后夫妻两人恩爱，相敬如宾。马氏温柔贤惠，很受朱元璋的敬重。她知道朱元璋虽然胸怀大志，但和自己一样出身穷苦，识字不多，便时常规劝朱元璋征战之余，多多读书。朱元璋很听从马氏的劝告，没事之时，就加强学习，很快就能读书断句，还能写诗。马氏自己也对读书识字十分用心，她在军中见有文书，就叫人教她认字。朱元璋凭着自己的才能，慢慢成为郭子兴手下的干将。郭子兴的儿子对朱元璋十分妒忌、怨恨，时常在父亲面前进谗言，因此朱元璋和郭氏父子的关系都很紧张。马氏对这种情况很担忧，时常劝朱元璋对郭子兴更加恭敬一些，作战时如果有什么掳获，也都献给郭子兴和他宠爱的二夫人，马氏自己也经常把金银首饰送给二夫人，谎称是朱元璋让她孝敬二夫人的。有了马氏的居中调解，才使朱元璋避免和郭子兴反目成仇，朱元璋才得以从容积蓄自己的力量。

一次，朱元璋又惹怒了郭子兴，被郭子兴幽禁了起来，还不许别人送茶饭进去。马氏便把热腾腾的炊饼揣在怀里，偷偷拿给朱元璋，自己的胸口却被烫得通红。朱元璋四处征战，难得在家里好好吃一顿饭，马氏便总准备好一些干粮腌肉，想法子让丈夫能够吃饱。丈夫在前线征战，她便带着妇女在后方缝衣做鞋。如果前方打了胜仗，她便拿出自己家中的财物犒劳士兵，大家都称赞她贤惠。

后来，朱元璋在南京即位，马氏也被册封为皇后。这时马皇后已经三十五岁，但朱元璋还是十分敬重她，马皇后也更加严格要求自己。每天马皇后都叫女官教自己读书，让自己知道历代有名妇女的事迹，以此来要求自己。虽然这时马皇后已经贵为一国之后，但她还是坚持照料朱元璋的饮食起居，别人劝她不必如此操劳，她却说：“侍奉丈夫是我的分内事，不能推辞。”她自己的衣服破旧了，也舍不得换新的。朱元璋看到妻子这样贤惠，时常对群臣感慨地说：“皇后和我同起布衣，历尽忧患。朕每每不能忘怀当年她不顾灼伤皮肤，为朕送来热食。而当朕受到郭公的猜忌，几乎被置于死地时，皇后更是为朕多方设法周旋，救我于危难之中。如果没有皇后，我哪里会有今天？朕怎么敢因为现在富贵了而忘了以前贫贱时的妻子？”马皇后却说：“妾听说，夫妇相保易，而君臣相保难。陛下能够不忘怀臣妾，更希望陛下始终不忘群臣百姓。”

危难时，患难与共容易；而富贵时，君臣相保难。鸟尽弓藏，兔死狗烹。朱元璋为了防止权臣干政的情况，数兴大狱，杀戮功臣。当时宋濂被牵连进宰相胡惟庸的谋反案。宋濂是明初的大学问家，编撰过《元史》，还做过太子的老师。虽然这时宋濂已经辞官回乡，但朱元璋并不准备放过他。太子听说皇上要杀自己的老师，急得跳了水，幸亏被侍卫救起来。马皇后听说了以后，暗自想好了办法。这天，朱元璋入宫用膳，发现一桌子全是素菜，问是什么缘故。马皇后说："平常人家请个教书先生，始终是礼敬有加。宋老先生这些年来，教导诸位王子，十分辛苦。我们今天吃素为他祈福。"朱元璋一听，又是为宋濂求情，顿时勃然大怒，甩手而去，但因为马皇后的求情，他还是放过了宋濂，只是把他发配到茂州。

朱元璋做了皇帝之后，脾气也越来越暴躁，动辄杀人，马皇后经常委婉开导。一次，朱元璋听说参军郭景祥的儿子不孝，竟然要杀自己的父亲。朱元璋十分生气，当下就要杀掉他。马皇后劝道："郭景祥就只有这么一个儿子，如果杀了他，郭景祥就绝后，况且这件事不一定是真的。"一探查，郭景祥果然是被冤枉的。又一次，一个宫女惹得朱元璋非常生气，便要亲自惩处这个宫女，马皇后也装作非常生气，马上把这个宫女交给宫正司议罪。朱元璋问："这是为什么?"马皇后说："你正在气头上，对这个宫女可能会惩罚过重，交给宫正司，他们会秉公处理的。"

民间还流传着一个故事，说的是"福"字倒贴也与马皇后有关。一次正逢元宵，朱元璋在应天府（即南京）的街上赏花灯，看见其中一幅画，画中一个妇人骑在马上，怀里抱着大西瓜，而且赤着大脚。朱元璋勃然大怒，认为这是用来讥讽马皇后出身寒微，没有裹脚。竟敢污辱母仪天下的马皇后，一定要严惩。于是朱元璋吩咐侍从走到挂着这幅画的那条街，在各家各户的门上都贴上一个倒转的"福"字，作为标记，明天再一起算账。朱元璋回宫后，心里还是闷闷不乐，马皇后见他这样，便询问侍从，得知明天被倒贴上"福"字的人家便会受到惩罚，而且这大祸还是由她而引起的，十分着急。马皇后对朱元璋苦苦求情，但朱元璋怒气未消，她只好暗中再派侍从在全应天府各家各户的大门上依样贴上倒转的"福"字。第二天，朱元璋派侍从抓人时，被全城倒转的"福"字弄得糊涂了，不知该抓谁。朱元璋知道马皇后的苦心，再加上过了一夜，怒气也慢慢平息了，便不再追究此事。应天府的居民们看到自己之所以能平安无事，都是拜这个倒转的“福”字所赐，自此之后，每逢过年时，便贴上一个倒转“福”字以祈求万事如意、合家安康。虽然这个故事难辨真假，但通过这个故事，我们可以知道马皇后仁德的形象深入民心。

马皇后就是这样兢兢业业地维持着宫廷里、君臣间、君民间的和睦，为朱元璋减少了很多的杀戮。后来马皇后病重，朱元璋寝食不安，到处求神拜佛，为皇后祈福，又征召天下名医为其诊治。马皇后对朱元璋说：“生死由命，祈福有什么用呢？而药也只能医治不死病，臣妾不行了，陛下千万不要因此加罪于为我诊治的御医。”到了弥留之际，朱元璋紧紧握着马皇后的手，恸哭不止。马皇后看着逐渐苍老的丈夫，想起以前陪伴他一起征战天下的岁月，最后对朱元璋说：“愿陛下求贤纳谏，慎终如始，子孙皆贤，臣民得所而已。”这年马皇后五十一岁。失去马皇后的朱元璋，性格变得更加暴躁，马皇后临终所期待的君臣相安的局面并没有出现。明初功臣被朱元璋屠戮殆尽与马皇后过于早逝也有关系。

马夫与妻子

晏子是齐国的宰相。有一天，晏子坐着马车出门时，正好从马夫的家门前经过。马夫的妻子从门缝里看见丈夫大模大样地坐在车上的伞盖下，得意洋洋地挥着鞭子，一副神气活现的样子。她非常生气。

晚上，马夫回家后，妻子毫不犹豫地提出要和他离婚。马夫一听，丈二和尚摸不着头脑，急忙问妻子：“你为什么要离婚呢？”

妻子说：“晏子是齐国的宰相，在国内外都有很高的威望。今天，我看见他低着头坐在车子上，态度非常谦虚。但是，你呢？你只是一个马夫，却摆出一副得意洋洋、神气活现、自以为很了不起的样子。所以，我不愿再跟你一起生活了，我要和你离婚。”

听了妻子的话，马夫感到非常惭愧，并诚恳地检讨了自己的错误。从此以后，马夫改变了态度，变得很谦虚了。

晏子看见马夫的态度与以前不一样了，非常奇怪，问他为什么会有这么大的变化。马夫就把事情的经过一五一十地告诉了晏子。

晏子觉得马夫能够知错就改，是可用之材，就向齐王推荐他做了官。

郑板桥辞官

清代书画家、诗人郑板桥担任知县时，经常化装成老百姓，带着衙役到民间私访。有一次，他一个多月没回县衙，带的干粮吃光了，银钱也用完了，只剩下了三个鸡蛋。这天晚上，郑板桥和两个衙役在村外的一个破庙里住了下来。

这个庙里没有和尚，大殿中摆着一张供桌。郑板桥坐在桌前，点上蜡烛，记录当天私访的情况，后来就趴在桌子上睡着了。天快亮的时候，忽然，听见"当啷"一声响。郑板桥睁开眼睛一看，原来是两只老鼠在偷那三个鸡蛋。一只老鼠抱住鸡蛋，滚下桌子，然后，仰卧在地上，用两条前腿将蛋一搂。另一只老鼠咬住它的尾巴，一起往窝里拖。

这一切，郑板桥都看得清清楚楚的。他本可以将老鼠打跑，把鸡蛋留下来。可他是个"怪"人，碰上这样妙趣横生、花钱也看不到的好戏，哪能轻易错过呢。就这样，他眼睁睁地看着三个鸡蛋让老鼠拖走了。

这时，天已经亮了，郑板桥见两个衙役一个在神台上打呼噜，一个在门口打盹，心想，何不逗逗他们，开开心呢。于是，他"嗵、嗵、嗵"地拍着供桌，朝两个衙役喊道："快过来！快过来！老爷我要升堂议事了！"

两个衙役一听，不知道发生了什么事，揉揉眼睛站起来，慌慌张张地跑到了供桌前。郑板桥打量打量这个，端详端详那个，郑重其事地问："昨晚是谁放哨？"

放哨的衙役鞠了一躬，说："是小人。"

郑板桥板起脸，拍着桌子，喝道："大胆奴才，你可知罪？"

那个衙役一听，吓得"扑通"一声跪下，连忙回答："小人不知。"

"你做了坏事，还装蒜！"郑板桥指着桌子说，"我问你，这上面的鸡蛋哪儿去了？分明是你趁我们睡觉的时候，偷偷拿去吃了。你赶快如实招来吧！"

那个衙役一听，连连磕头分辩说："启禀老爷，鸡蛋不是小人偷的……"

"还敢狡辩！"郑板桥打断了他的话，吩咐另一个衙役："人是苦虫，不打不成。狠狠地打他二十大板，看他招不招！"

这句话果然灵验，板子还没打到屁股上，那个衙役就连声喊："我招，我招。"接着，他就说了自己是如何如何偷鸡蛋，又是如何如何吃的。编得有鼻子有眼，像真事一样，说完之后。他还连连磕头哀求："请老爷恩典，宽恕小人。往后，小人再也不敢了。"

听着听着，郑板桥不由得叹了一口气："唉，没想到你会招认，分明是怕那二十大板嘛！可见，这些年，我还不知道断错多少案子，错打多少板子呢。我这官如果再做下去，还会做出更多伤天害理的事。不如趁早散伙，你我都回家抱孩子去吧。"

据说，郑板桥真的辞去了县令，并且发誓，一生一世再也不做官了。

李时珍学艺

李时珍是我国古代伟大的医学家、药物学家。他一生著述颇丰，其中最为世人所知的就是他历时27年编成的《本草纲目》一书，是我国明朝药物学的总结性巨著。

一天傍晚，年轻的李时珍采药回来，路过一座鸭棚，便走进去和鸭老板聊天。

忽然，鸭棚外传来了小孩儿的哭声。

李时珍听到孩子哭得很痛苦，便走出鸭棚，打听情况。

小孩儿的父亲说："孩子吃鱼时，一根刺卡在喉咙里，既吐不出来又咽不下去。孩子很痛，嗓子都哭哑了。我们来找鸭老板帮忙，把刺取出来。"

鸭老板听完小孩儿父亲的话，抓来一只鸭子，用细绳捆住它的双腿，吊在架子上。然后，劝那个孩子："你别哭，也别闹。如果不听话，鱼刺就取不出来了。你乖乖地等一会儿，鱼刺就没了。"

李时珍听了这番话，如丈二和尚摸不着头脑，心想：莫非这鸭老板是个巫医？可他是个非常忠厚、心地善良的人啊。

过了一会儿，鸭老板拿起一个小碗，走到鸭子跟前去接从鸭嘴里流出来的口水。接了半碗后，鸭老板让小孩儿喝了下去。

不一会儿，小孩儿晃晃小脑袋，"呵呵"了两声，便"咯咯"地笑开了。

鸭老板问："喉咙还痛吗？"

小孩儿回答说："不痛了！"

看到这一切，李时珍惊呆了。

鸭老板送走了小孩儿父子后，李时珍便迎上前去，双手抱拳说："老先生，鸭口水为什么能除去鱼刺呢？莫非是祖传秘方吗？"

鸭老板憨厚地笑道："我每天放鸭，见鸭子吃介壳蛳螺时，一口吞不下去，就用嘴衔住。随后，嘴里会流出许多口水。这时，鸭子把脖子伸几伸，就能吞下去了。我想，鸭子的口水能化介壳蚶螺，也一定能化刺。我一试，果然很灵验。”

说完，鸭老板开怀大笑起来。

李时珍想：验方、偏方多在民间。鸭老板成了神郎中，鸭口水能去刺解痛。妙啊！

李时珍一直与鸭老板谈到月挂中天，才起身离去。后来，李时珍把这个验方传给农夫和渔人，一直流传到今天。

包公审石头

从前，有一个小孩儿，爸爸死了，妈妈病了，家里的日子一点也不好过。

小孩儿每天提着一篮油条到街上，一边跑，一边嚷：“卖油条啰，卖油条啰！又香又脆的油条，两个铜钱一根。”

有一天，他把油条全都卖光了，便坐在路边的一块石头上，把篮子里的铜钱数了一遍：刚好一百个。

他卖油条，把一双手弄得油乎乎的，用手数铜钱，把铜钱也弄得油乎乎的。

他看着油乎乎、亮闪闪的铜钱，可高兴了，心想：“今天，可以给妈妈买药了。”

小孩儿跑了一上午，累了，把头一歪，靠在石头上，就“呼呼”地睡着了。

他睡了好一会儿，才睡醒。

“哎呀！我得赶快给妈妈买药去。”

可是，小孩儿一看，糟了！篮子里的铜钱没有了。

小孩儿又着急，又伤心，便“呜呜”地哭了起来。

这时候，正好包公带着人马从这里走过。

包公是什么人呀？包公是个官，黑脸、黑胡子，人称“包老黑”、“黑包公”。他办事公道，又很聪明。

包公看见小孩儿哭得很伤心，就问：

“小孩儿，你为什么哭呀？”

“我卖油条的钱不见了。呜——呜。”

“谁偷了你的钱？”

“不知道。我靠在这块石头上睡着了。结果醒来一看，钱就不见了。呜——呜。”

包公想了想，说：

“我知道了。一定是这块石头偷了你的钱。我来审问这块石头，让它把钱还给你。”

人们听说包公要审石头，觉得很

奇怪，都跑来看热闹。

包公对那块石头说：

“石头、石头，小孩儿的铜钱，是不是你偷的?”

石头会说话吗?

不会。

包公又大声问：

“石头石头，小孩儿的铜钱，是不是你偷的?快说，快说!”

石头还是一声不响。

它不会说话呀。

包公发火了：

“石头石头，你不说实话，打烂你的头。”

手下的人听包公这么一说，就拿起棍子，“噼里啪啦”地打起石头来，并且一边打、一边喊：“快说，快说!”

看热闹的人哄笑起来了，唧唧喳喳地说：

“石头怎么会偷钱?”

“石头怎么会说话?”

“都说包公聪明，原来是个糊涂蛋。”

包公听了，很生气，就说：

“我在审石头，你们为什么说我的坏话。哼，每个人罚一个铜钱!”

包公叫手下的人借来一个盆子，倒上水，让看热闹的人往盆里扔铜钱。

看热闹的人没办法，只好每人往盆里扔一个铜钱，“扑通，扑通，扑通……”

有一个人刚把铜钱扔进盆里，就让包公手下的人抓住了。

包公指着这个人说：

“你是小偷。你偷了小孩儿卖油条的铜钱。”

大家都觉得很奇怪。

这是怎么回事呀?

包公说：“你们看，只有他丢下铜钱时，水面上浮起了一层油。铜钱肯定是趁小孩儿睡觉的时候偷来的。”

那个小偷没办法，只好把一百个铜钱还给了小孩儿。

包公让其他人把自己扔进盆里的铜钱都拿了回去。

大家都说，包公真聪明。

神笔马良

从前，有个孩子叫马良。他很喜欢画画，可是家里很穷，买不起纸和笔。他到山上打柴，就用树枝在沙地上画天上的鸟。他到河边割草，就用草根在河滩上画水中的鱼。

他多么盼望能有一支笔啊!

一天晚上，屋里忽然闪现出一道金光，一个白胡子老爷爷站在他面前。老爷爷给了他一支笔，说：“马良，要记住，用这支笔给穷人画画。”

马良真高兴啊！他立刻拿起笔，在墙上画了一只公鸡。真奇怪！公鸡活了，从墙上飞下来，跳到窗口，“喔喔喔”地叫起来。原来，老爷爷给他的是一枝神笔。

马良有了这枝神笔，天天给穷人画画。人们要什么，他就画什么。他画什么，就有什么。

一个大官带兵把马良抓进衙门，让他画金元宝。马良说：“我不会画。”大官就把他关在监牢里。

到了半夜，看守监牢的士兵睡熟了，马良用神笔在墙上画了一扇门。他一推，门开了，监牢里的穷人都跟着他，跑出去了。

大官听说马良跑了，就派兵去追。马良画好了一匹快马，骑上马跑远了。

有一天，来了几个官兵，又把马良抓走了。

大官抢去了马良的神笔，让自己的画师画摇钱树。摇钱树刚画好，大官就急忙跑过去摇。“乒”的一声，大官的头撞在墙上，额头上起了个大疙瘩。画还是画，并没有变成真的摇钱树。

大官只好把马良放出来，说：“好马良，你给我画一张画吧。”马良想拿回神笔，就说：“好吧。”大官非常高兴，把神笔还给马良，让他画一座金山，

马良在墙上画了一个大海。大官发怒了，说：“谁叫你画海？快画金山！”马良用笔点了几点，海中央就出现了一座金山。只见金光闪闪，满山都是金子。

大官高兴得直跳，连声说：“快画一只大船，我要上金山运金子去。”马良画了一只大船。大官带着画师和官兵们跳上船，催促说：“快开船！快开船！”

马良画了几笔风，桅杆上的帆鼓起来，船直向海中央驶去。大官嫌船慢，在船头上大声喊：“风大些！风大些！”

马良又画了粗粗的几笔风，大海涌起滚滚波涛，大船有点儿倾斜了。大官害怕了，急忙说：“风够了！风够了！”

马良不理他，还是画风。风更猛了，海水翻腾起来，海浪像山一样，一排排向大船压过去。大船翻了，大官他们都沉到海底去了。

马良又回到穷人那里，继续给大家画画。

阿凡提与皇帝

从前，新疆有一个非常非常聪明的人，名字叫阿凡提。

那时候有一个皇帝。皇帝很坏，可是，老百姓都不敢说皇帝坏。谁说皇帝坏，谁就要被杀头。

阿凡提却不怕。

阿凡提骑着一头小毛驴，走到哪里，就在哪里说皇帝坏。

皇帝知道了这件事，就派人把阿凡提找来了。

皇帝说："阿凡提，有人说你很聪明，我要考考你。如果你回答不出我的问题，我就要杀了你。"

阿凡提说："你考吧。"

皇帝问："天上有多少颗星星？"

阿凡提回答说："天上的星星，和你的胡子一样多。"

皇帝又问："那么，我的胡子有多少呢？"

阿凡提想了想，一只手抓起小毛驴的尾巴、一只手指着皇帝的下巴，说："你的胡子，就和这条尾巴上的毛一样多。如果不相信，你就数一数。"

这怎么能数得清呀。

皇帝发火了，让人把阿凡提押出去杀头。

可是，阿凡提却哈哈大笑，一点儿也不害怕。

皇帝觉得很奇怪，就问："阿凡提，你快要死了，为什么还哈哈大笑呀？"

阿凡提说："我早就知道自己今天要死了。我不光知道自己哪一天死，还知道你哪一天死呢。"

皇帝吓了一跳，急忙问："真的？"

阿凡提说："当然是真的。"

皇帝急忙问："快说、快说，我哪一天死？"

阿凡提说："你比我晚死一天。我今天死了，你明天就会死掉。"

皇帝听了阿凡提的话，吓得浑身发抖，连忙喊叫："快把阿凡提放了，快把阿凡提放了。阿凡提，你千万不能死啊。你一死，我第二天就要死了。你、你……你最好再活一万年，那样，我就可以再活一万年零一天了。你行行好吧，我可以给你好多好多金银财宝。"

皇帝把阿凡提放了，并且真的给了阿凡提许多许多金银财宝。

阿凡提把这些金银财宝都送给了穷苦的老百姓。可是那可怜的坏皇帝还不知道自己被阿凡提骗了。

刘罗锅智告贪官

有一次，外国使臣来访，乾隆皇帝为了彰显大清威仪，便令和珅带领使臣到宫中四处游览。皇宫的大气豪华，令外国使臣赞叹不已。一行人边走边游览，不知不觉就到了午门。从午门到正阳门的那段御道坑洼不平，与金碧辉煌的皇宫形成了极大的反差，有失皇家体面。

贪婪成性的和珅看到这里，念头一转，又有了一条敛财之道。他想："如果将此事禀报皇上，皇上必定会命我修整。呵呵，这个工程可大有赚头。"

果然，乾隆皇帝刚听和珅说完，便说道："准奏！和爱卿，这事就由你负责吧。朕要你在两月之内竣工，你马上拟一份预算报表上来。"

和珅马上从袖筒里抽出一份奏本，呈给乾隆，说道："微臣早已造好预算。这段御道年久失修，必须全部毁掉重修。所需石料必须前往数百里之外的房山搬运，并需要石匠精雕细琢，因此，工程不可谓不大，即使微臣紧缩开支，也至少需银十万两。请皇上明察。"

乾隆粗略看了一下奏本，当即准奏。

第二天，这段御道就被草席完全遮挡住。几百名工匠在御道两旁搭起一长排工棚，然后，他们便在围得严严实实的御道上夜以继日地干了起来。结果，仅仅用了二十多天，御道就提前竣工了。

乾隆在和珅的陪同下，前来察看，御道果然焕然一新：路面由雕刻着精美图案的石板铺成，一眼望去平整得好像桌面，原来坑洼不平的地方完全不见了。乾隆不由得龙心大悦，连声夸赞道："和爱卿，干得好，你干得好啊！"

第二天早朝时，乾隆皇帝当众宣旨："和爱卿主修御道，夜以继日地赶工，干得又快又好，使御道提前一个月完工，实在应该受到嘉奖。和爱卿，朕赏你白银一万两，外加升官一级。"

和珅连忙谢恩。此次主修御道，和珅名利双收。他心中窃喜，暗暗夸赞自己聪明绝顶。

不过，他才高兴了没几天，就被刘墉看出了破绽：原来，铺路的石板根本不是前去房山搬运的，而是御道上原先铺路的石板。和珅让石匠把石板撬起来，翻一面雕刻图案，然后平整好路基，再铺上翻了个面并雕刻后的石板。因此，工期大大缩短，成本也大大节省。刘墉发现和珅的这个秘密之后，并没有当即写奏折，而是思考着如何才能让和珅当众出丑。苦思冥想了一个下午，他终于想出了个好办法。

第二天早朝时，刘墉故意磨磨蹭蹭，好让自己走在众人之后。趁着大家不注意，他迅速脱下朝服反过来穿上，再悄悄地跟着大家进入了太和殿。

乾隆皇帝坐在宝座上，高高在上

的，一眼就看见了群臣中有个人的衣着与众不同。再仔细一看，他发现是大学士刘墉将衣服穿反了。乾隆心里好生奇怪，心想："这刘墉向来行事谨慎，十分注重仪表，今天怎么将朝服穿反了也没发觉？这究竟是怎么回事啊？"

善于察言观色的和珅，一下就发现了乾隆皇帝异样的眼神，随即发现了朝服不正的刘墉。当时明文规定：上朝时，衣冠不整是要判罪的。和珅心想："刘罗锅，我平时贪点、占点，你总是揪住不放。今天你朝服穿反了，我也不会放过你。"于是，他强忍住笑意，幸灾乐祸地问道："刘大人，你今天是怎么啦？"

和珅这么一问，群臣全都发现了刘墉反穿的朝服，不禁暗暗为他担心。然而，刘墉依旧低着头，不惊不诧，对和珅的话更是置若罔闻。

乾隆念及刘墉一向忠心耿耿，正直清廉，便压住心里的怒火，责备道："刘爱卿，你看看你穿的朝服！去！穿好了再来见朕！"刘墉仿佛这时才恍然大悟。他马上跑出太和殿，重新穿好了朝服进来。他跪奏乾隆道："启奏皇上，微臣确实不该反穿朝服，请皇上恕罪！微臣今日反穿朝服，大家一眼就看清楚了，但是，有人将御道翻个面，再稍加修饰，将翻修工程充作新工程，大肆贪污，中饱私囊，这就不容易被众人察觉了吧？"

刘墉说得这么明显，大家当然知道是在说谁，眼光齐刷刷地落在了和珅身上。和珅顿时脸色铁青，惶惶不安地低下了头。

乾隆吃了一惊，连忙追问："刘爱卿，这到底是怎么回事儿？我去看过了，御道看上去是崭新的，怎么变成翻修的了？快将实情细细奏来。"刘墉回奏道："万岁明察！微臣最初也没发现破绽，后来偶然间听说这件事，便去现场查验，发现御道果真是用旧石板翻修的。至于更详细的情况，还是请皇上问和大人吧。"

和珅见东窗事发，早已吓得脸色铁青。他不等皇上询问，便赶紧跪在地上，奏道："微臣该死，请皇上恕罪！微臣见旧石板翻个面依然崭新，不舍得丢弃，就将它翻面雕刻后，再重新铺上。"

乾隆顿时大怒："大胆和珅，你竟敢欺骗朕！"

和珅早已吓得双腿发抖，他哆嗦着为自己辩解："微臣该死！请皇上息怒！微臣实在是因为石板依旧可用，不舍得丢弃，才这么做的！"

"那么，修御道总共花费多少银子？"

"微臣还来不及禀报皇上，修御道总共花去了一万两。"

"其余九万两呢?"

"这……这……这几天微臣正在做账，正准备返还国库。"和珅毕竟久居官场，这点应变能力还是有的。

乾隆皇帝怒火中烧，但是，想到和珅毕竟与自己情投意合，朝廷中有许多事都离不开他，只得说道："大胆和珅，竟敢欺君罔上！朕撤销上次对你的奖赏，命你将一万两赏银退回国库，官降一级。朕命你立即按原来的方案重修御道，至于已经花掉的那一万两工程款，由你自己填补！下不为例，否则将加倍惩罚！"和珅敛的财富可敌国，区区一万两算得了什么？他见乾隆这么处置，紧绷的心顿时松懈下来，连连叩头谢罪，表示认罚。

纪晓岚上前奏道："皇上，刘大人参奏有功，理该受赏。"

乾隆皇帝对刘墉笑道："刘爱卿参奏有功，的确应该受赏。朕赏刘爱卿朝服三件！不过，下次切不可反穿上朝。"

刘墉连忙叩谢说："谢主隆恩！既然御道之案已经弄清，微臣也就再没有反穿朝服的理由了！"

林则徐智筹救灾款

林则徐是我国清朝著名的爱国将领。他当广东禁烟的钦差大臣时，不怕危险，不畏强权，积极施行禁烟运动，并领导了历史上著名的虎门销烟运动。他无论在什么地方当官，都是爱民如子，时时刻刻将百姓的安乐放在自己的心上，因此是百姓心中的英雄。

林则徐任湖广总督的时候，有一年，由于天气大旱，太阳把肥沃的农田烤得都裂开了口子，许多河流已经干涸得见底了，根本就没有办法种庄稼，以致这一年的米价贵得不得了，很多穷人根本就买不起米吃，好多人被饿死了。看到这种情况，林则徐的心里十分着急。他将朝廷发给自己的钱全部拿出来去救济那些受灾的百姓，可是他个人的力量毕竟有限，于是他就号召自己的下属官员也将各自的钱拿出来救人，而那些口口声声同情灾民的官员们却不愿意把自己的钱拿出来。他们一个个为自己找理由解释：有的说自己的钱已经用完了，有的说自己的家里也因为受灾而没有了粮食，自己都快没饭吃了。就这样，各种各样的理由都有，就是没有人肯出一分钱。

面对这种情况，林则徐也没有再多说什么，他知道这些官员都是在跟自己装穷，可是自己也不好强迫他们拿钱出来，看样子只能用其他办法让这些爱钱如命的家伙自己把钱拿出来才行。林则徐想了想之后，就对这些哭穷的官员们说："看样子大家都被这场天灾害得不浅。既然是遭了天灾，要想解决也只能请老天爷帮忙才行了。这样吧，两天后是一个好日子，我决定沐浴斋戒两天，然后亲自登上祈雨台求雨。为了表示我们的诚意，这几天也请大家一起斋戒。反正现在大家家里都没有什么吃的，应该不存在什么问题吧？你们就算有吃的，大概也只是一些粗粮野菜之类的，所以斋戒两日对你们而言一点困难也没有，对吧？"那些地方官员听林则徐这么一说，只好点着头说："是啊，大家现在能有一口粗茶淡饭吃就不错了，难道还能有大鱼大肉吃吗？斋戒两天根本不是问题。"林则徐笑着说："好，既然这样，那么就请各位回去之后开始沐浴斋戒吧，两天之后务必全部要去祈雨台求雨。如果有人不到，那么求雨不成功的罪过就全部由这个没有来的人负责，听明白了吗？"大家一起回答说"听明白了"，于是林则徐就让这些官员全部回去了。

两天之后，林则徐在祈雨台举行了隆重的求雨仪式。他登上高高的祈雨台，又拜又叩，口中也是念念有词，祈祷上苍能够体恤天下的百姓，不要让这种干旱的天气持续下去了。祈雨仪式结束之后，林则徐命令手下在台下铺上了一大片芦席，然后自己带头坐在芦席上休息。那些地方官员们见总督已经坐下来了，自己也不敢不坐，只好乖乖地坐在芦席上。当时太阳正火辣辣地照射下来，那些平时享福享惯了的大小官员们一个个汗如雨下，口干舌燥。这时林则徐对他们说道："以前我们都没有好好体会过老百姓的辛苦，今天我就和你们大家一起来感受一下'汗滴禾下土'的滋味吧！"又过了好一会儿，许多官员已经坐不直了，东倒西歪地在席子上，差一点就躺下去了，更难过的是没有水喝，一个个嗓子眼都快冒烟了。这时林则徐说："天气实在是太热了，大家的嗓子也快冒烟了吧？看来还是得喝一点茶水才行啊！"于是命令手下将一大桶凉茶水抬了过来，然后自己带头喝了一大碗，其他的官员也纷纷上来喝，一个个把这种平时看都不会看的粗茶当成玉液琼浆一样喝得干干净净。喝下去之后，大家觉得好过了一点，可是没过多久，大家的肚子就开始不舒服了，接着从林则徐开始一个个开始吐了，弄得每个人的面前都很肮脏，而林则徐却笑着说："好啊，现在就是看看大家的良心和家庭经济状况的好时候了。"于是林则徐带着人，从这些官员座位前走过，一个一个地检查这些官员吐出来的东西。除了林则徐自己吐的是粗食野菜之外，其他的人吐的都是鱼肉荤菜，还有山珍野味。林则徐看着这些低下头的官员们，很难过地说："你看看你们，我今天诚心诚意来这里求雨，是为了求老天爷能解除干旱的灾情，能给老百姓一条活路。可你们呢？你们是素食素水，真心求雨的吗？还有，前两天我为了救灾，请大家捐钱出来，可是你们一个个都说自己的家里已经快揭不开锅了，现在看看你们吐出来的这些鱼肉荤菜，这是没有饭吃的家里该有的东西吗？老天爷为什么要制造这些灾害？就是在警告惩罚你们这些不把老百姓放在心上的官员啊！"

这些官员们知道自己没有办法再说谎了，又害怕再不捐钱就会让林则徐这位总督大人生气，所以只好将自己的钱捐了出来。就这样，林则徐用一点呕吐药就让这些把钱看得比命重的官员们乖乖地将钱捐了出来。他利用这些钱为灾民们买粮食，帮助百姓们度过了这困难的一年。当地百姓对林则徐的这种行为既佩服又感激，都称他是"青天大老爷"。

岳飞智除刘豫

岳飞是我国宋朝的抗金名将，是一位伟大的英雄。他不光英勇善战、足智多谋，还有一颗赤诚的报国心。

有一年，宋朝的济南知府刘豫在金国的重金利诱之下，决定背叛宋朝，归顺金国。为了实现自己的野心，刘豫狠心地杀害了当地驻扎在济南的抗金将领关胜，投降了金国，并在济南成立了所谓的大齐国，而刘豫也被金国皇帝封为大齐皇帝。这个大齐皇帝为了讨好自己的主子——金国，就利用自己对宋朝官员和军队布置的了解，经常配合金国侵略宋朝，杀害手无寸铁的百姓，成了宋朝抗击金国的最大障碍。

当时驻守在边境的抗金名将岳飞十分痛恨刘豫的丑恶行径。为了除掉宋朝的这个心腹大患，岳飞决定派人打入刘豫统治的大齐国了解情况，希望能找到一个合适的机会除掉刘豫。终于，派去打探消息的人传回来一个非常重要的情报：由于刘豫和金国大将粘罕的关系非常密切，引起了和粘罕关系对立的另一名金国大将金兀术的不满，为了各自的利益，他们之间常常相互争斗，关系比较紧张。岳飞得到了这个消息之后，心里想到了一个除掉刘豫的好办法。

有一天，岳飞手下的士兵来报告，说是抓住了一名金国的密探。岳飞知道后，心里一动，马上有了一个主意。他命令手下将这个密探带过来。那名密探被带来之后，岳飞装作一副很惊讶的样子对那个密探说："咦，你不是张斌吗？我明明派你去刘豫那里和他商议杀死金兀术的事情，你怎么会被抓了？难道你还没有把我的话带给刘豫吗？你是怎么办事的？真是太不中用了！现在我再派你去刘豫那里走一趟，如果这一次再办砸了，我就将你两次犯的错一起处理，听见没有？"说完，岳飞又写了一封信给刘豫，信中详细地介绍了如何暗杀金兀术的计划，并向刘豫承诺，如果他能帮助自己杀死金兀术，那么事情办成之后，自己将会向朝廷为刘豫请功领赏，那么刘豫投降金国的事情将一概不予追究。岳飞将这封信交给了这个金国的密探，并嘱咐他一定要带给刘豫，然后就将这个密探放回去了。

这名密探回到金国的营地之后，立刻就向金兀术报告了这件事，并将岳飞的信交给了金兀术。金兀术看完这封信之后，非常愤怒地说："好你个刘豫！我本就怀疑你不是真心想要投降我们大金国，果然是另有目的的。居然想勾结岳飞来害我，总有一天我非把你除掉不可！"从此金兀术心里对刘豫的怀疑和仇恨就更深了，但为了不让刘豫对自己产生怀疑，金兀术没有轻举妄动，而是耐心地等待着时机的到来。同时，金兀术还时不时地在金国皇帝的面前说刘豫的坏话。金国的皇帝对刘豫也渐渐有一些不满了，而正在这个时候，因为不满刘豫的统治，刘豫统治大齐国内常常发生百姓的反抗行动，这让金国的皇帝对刘豫的治理国家的能力十分不满，就将刘豫狠狠地责问了一番。金兀术就好好地利用了这个时候，向金国的皇帝反映说刘豫对金国并不忠心，并说刘豫既然能够背叛自己的祖国，那么他也会背叛金国，希望金国皇帝能够小心提防刘豫这个人。

金兀术的报告让金国皇帝越来越不喜欢刘豫了。终于，金国皇帝决定派金兀术为元帅，以进军江南攻打宋朝为由，带部队开进了刘豫统治的大齐国，趁刘豫不防备的时候将刘豫和他的儿子全部抓了起来，废除了大齐国。这样一来，宋朝就除掉了一个最大的障碍，为边境的百姓换来了几年的安宁生活。

程门立雪

我国宋朝时期是一个理学人才辈出的时代，当时有一位很著名的理学家叫杨时。他年轻时不仅虚心求学，而且对老师、尊长也是十分恭敬。为了学习理学知识，他常常不远万里去拜访有名的理学家们，请他们传授更多的知识给自己。

杨时年轻时曾经考中了朝廷的进士，本来应该进京城去当官的，但杨时却没有去，而是千里迢迢地跑到河南颖昌去找著名的理学家程颢，希望程颢能收自己为徒弟，让自己能更系统地学习理学的理论和知识。程颢看到杨时不远千里前来求学，心里很高兴，于是就收下了他。

杨时在程颢那里求学的时候非常努力，在平常的生活中对老师也是非常恭敬有礼，师生之间相处得十分的和睦、融洽。程颢对自己新收的这个弟子很满意，将自己所有的知识一点也不保留地传授给他。而杨时也十分珍惜在这里求学的日子，将老师传授给他的知识全部都消化吸收了。几年后，杨时学成离开，程颢感慨地对自己其他的弟子说："杨时真是一个不可多得的好苗子，现在他就带着我的理学到南方发扬光大去了。"

后来，当程颢去世的消息传到杨时耳朵时，杨时十分悲痛，在自己的家里为老师设了一个灵堂，哭着拜祭老师的亡灵。

不久之后，杨时和朋友游酢一起去洛阳拜会老师的弟弟，同样也是大理学家的程颐，并希望程颐能收他们当学生。而这个时候杨时已经是四十岁的中年人了。

当二人到达洛阳时正好是寒冷的冬季，漫天飞舞着雪花。杨时和游酢来到程颐的书房门口时，发现程颐正好在午睡，于是就恭恭敬敬地在门外耐心等候着程颐醒来。

时间慢慢地过去了，雪还是一直下着，杨时二人站在门外一动也不动，任凭雪花在自己的身上堆积着。程颐醒来的时候，门外的积雪已经快一尺深了。在知道二人的来意和刚才发生的事情之后，程颐非常感动，认为杨时二人的求学精神让人佩服不已，有这种精神的人一定可以将自己的学识发扬光大，于是程颐十分爽快地将二人收在了自己的门下，并将自己所有的知识倾囊相授。

杨时经过刻苦的学习，最后成了名噪一时的理学大师，而他虚心求学的精神成了后人学习的榜样。

多行不义必自毙

春秋时期，郑国的国君郑武公娶了申国国君的女儿姜氏为妻，两年后姜氏给郑武公生下了两个儿子，大儿子叫寤生，因为是难产，所以姜氏很不喜欢大儿子，小儿子叫共叔段，独得母亲的全部宠爱。

因为姜氏只喜欢小儿子，所以在郑武公在世的时候她就很想让郑武公将大儿子的太子资格给废除掉，改立小儿子当太子，但都被郑武公以大儿子没有犯什么错误不能改立的理由拒绝了。

后来，郑武公去世后，大儿子寤生当上了郑国的国君，历史上称他为郑庄公。姜氏见大儿子当上了国君，认为自己的小儿子受了委屈，就叫郑庄公将制这个地方封给共叔段当封地。郑庄公很为难地说："制是一个很险要的地方，弄不好会送命的，以前虢叔就是在那里死掉的，我看弟弟去那里不太好吧。不如您另选一个地方，只要您吩咐我就一定照办。"于是姜氏就要郑庄公将京封给自己的小儿子，郑庄公很爽快地答应了。

共叔段到了京这个地方之后，认为城池的规模太小，不够气派，于是就仗着自己有母亲撑腰，擅自做主将京这个城池扩大了许多。消息传回都城之后，郑国的大夫祭仲对郑庄公说："听说共叔段将京扩大了许多，这是很不妥当的。一个国家，除了都城之外，其他的城池范围如果超过三百丈就会成为国家的祸根。按照规定，都城之外的城池建设规模，最大的不能超过国都的三分之一，中等的不能超过五分之一，小的就不能超过九分之一，而现在共叔段在京却把城池建得和国都的规模差不多，将来对大王很不利，请大王一定要小心啊。"郑庄公听了祭仲的话，很无奈地说："我知道大夫说得很正确，可是这些都是我母亲的主意，我有什么办法？"祭仲很严肃地说："大王的母亲溺爱小儿子共叔段，这是大家都很清楚的。为了小儿子的愿望得到满足，她会对大王提出更多的要求，哪里还会有止境呢？大王如果不趁早做准备的话，将来一定会出现祸端的。要知道野草不加以控制都还要到处蔓延，更何况大王您的那位宝贝兄弟呢？"郑庄公点点头说："我知道了，要知道坏事做多了，就一定会自取灭亡的，大夫你就等着看好了。"

过了一段时间，共叔段见郑庄公没有追究自己私自改建京城的事情，胆子就越来越大了，竟然悄悄通知郑国西方和北方边境上一些城池的官员，必须暗中服从自己的命令，不许接受郑庄公的指令。这件事传到国都后，大臣中另一名大夫公子吕认为情况很不妙，于是对郑庄公说：“大王，常言说一个国家不能有两个君主，现在您的弟弟竟然命令边境上一些城池服从他的命令，这样不就出现了一个国家两个国君的情况了吗？您到底打算怎么办呢？如果您打算将王位让给您的弟弟，那么我就去投奔共叔段；如果您没有这样的打算，那么就请您立刻制止这种情况的发生。”可是郑庄公还是劝公子吕要有耐心，不要太着急，自己不用采取什么行动，共叔段就会自作自受的。

又过了一段时间，共叔段看事情还是很平静，就公然将边境上的几个城池划归自己管理，并开始修筑城墙，囤积粮食，招兵买马，扩充军备，一副准备打仗的样子。这时候公子吕更着急了，他告诉郑庄公事情已经发展得越来越坏了，请郑庄公赶紧想办法解决这个问题，否则就一定会出事的，那时如果老百姓倒向共叔段一边的话，对郑庄公就太不利了。郑庄公仍然不急不慢地说再等等，并告诉公子吕说，共叔段的这种行为是对国家不利、对亲人不义、对国君不忠、对国民不仁，一定会让老百姓反感的。他的野心越大，占的地盘越多，灭亡的日子也就越近了。

后来，共叔段认为自己一切都准备好了，就派人悄悄进都城找到母亲姜氏，让母亲和自己里应外合，废除郑庄公，自己登位当国君。而这位只偏爱小儿子的母亲居然答应了小儿子的荒唐无理的要求，准备废除大儿子。郑庄公知道他们的阴谋后，告诉公子吕，现在时机已经成熟了，可以发兵了。于是公子吕在郑庄公的命令下，率领两百乘战车前去攻打京城。因为京城的百姓们对共叔段的行为十分不满，所以根本不愿意替共叔段卖命守城，共叔段很快就被公子吕打败。共叔段随后逃到了鄢城，公子吕率兵追到了鄢城。共叔段又逃往共地，公子吕仍然紧追不舍，共叔段在无路可走的情况下，只好自杀了。

颜回输冠

颜回，春秋鲁国人，字子渊，是孔子的得意门生。他为人谦逊好学，以德行著称，并且十分尊重老师，对孔子无事不从无言不悦。

一天，颜回去街上办事，很远就看见一家布店前围满了人。他上前一问，才知道是买布的跟卖布的发生了纠纷。只听买布的大嚷大叫：“三八就是二十三，你为啥要我二十四个钱？”

颜回走到买布的跟前，施一礼说：“这位大哥，三八是二十四，怎么会是二十三呢？是你算错了，不要吵啦。”买布的仍不服气，指着颜回的鼻子说：“谁请你出来评理的？你算老几？要评理只有找孔夫子，错与不错只有他说了算！走，咱找他评理去！”颜回说：“好。孔夫子若评你错了怎么办？”买布的说：“评我错了的话，我就砍下我的头。如果你错了呢？”颜回说：“评我错了，我就把我的帽子给你。”二人一边打着赌，一边往孔子家走去。

孔子问明了情况，对颜回笑笑说：“三八就是二十三哪！颜回，你输啦，把帽子取下来给人家吧！”颜回从来不跟老师斗嘴。他听孔子评他错了，就老老实实摘下帽子，交给了买布的。那人接过帽子，得意洋洋地走了。

对于孔子的评判，颜回表面上是绝对服从，心里却想不通。他认为孔子已经老糊涂了，便不想再跟孔子学习了。第二天，颜回就借故说家中有事，要请假回去。孔子明白颜回的心事，也不挑破，点头准了他的假。颜回临行前去跟孔子告别。孔子要他办完事立即返回，并嘱咐他两句话：“千年古树莫存身，杀人不明勿动手。”颜回应声“记住了”，便动身往家走。

回家的路上，突然风起云涌，电闪雷鸣，眼看要下大雨。颜回钻进路边一棵大树的空树干里，想避避雨。刚躲进去，他猛然记起临走时孔子嘱咐的“千年古树莫存身”的话，心想，师徒一场，再听他一次话吧，就从空树干中走了出来。他刚离开不远，一个炸雷，把那棵古树劈了个粉碎。颜回大吃一惊：老师的第一句话应验啦！难道我还会杀人吗？

颜回赶到家里，已是深夜了。他不想惊动家人，就用随身佩带的宝剑，拨开了妻子卧室的门栓。颜回到床前一摸，啊呀呀，南头睡个人，北头睡个人！他怒从心头起，举起剑正要砍的时候，又想起了孔子的第二句话“杀人不明勿动手”。他点灯一看，床上一头睡的是妻子，一头睡的是妹妹。

天一亮，颜回就回去了，见了孔子便跪下说：“老师，您那两句话，救了我、我的妻子和我的妹妹三个人哪！您事前怎么会知道要发生的事呢？”孔子把颜回扶起来说：“昨天天气燥热，估计会有雷雨，因而就提醒你‘千年古树莫存身’。你又是带着气走的，身上还佩戴着宝剑，因此我告诫你‘杀人不明勿动手’。”颜回向孔子鞠躬说：“老师料事如神，学生十分敬佩！”孔子又开导颜回说：“我知道你请假回家是假的，实际上是以为我老糊涂了，不愿再跟我学习。你想想：我说三八二十三是对的，你输了，不过输一个帽子；我若说三八二十四是对的，那就是买布的输了，那可是一条人命啊！你说是帽子重要还是人的生命重要呢?”颜回恍然大悟，“扑通”跪在孔子面前，十分恭敬地说：“老师重大义而轻小是小非，学生还以为老师因年高而欠清醒呢。学生惭愧万分!”从这以后，无论孔子去到哪里，颜回就跟到哪里，他再没有离开过孔子。

王冕巧借谜语脱身

王冕是元朝著名的诗人、画家。他从小就聪明机智，而且能言善辩，常常利用自己的机智脱离困境。

王冕小的时候，因为家里比较贫穷，所以他很小就到当地的一个财主家去当放牛娃。这个财主贪财吝啬，对家里的长工、帮佣很刻薄，常常找一些理由和借口不给工人发工钱，所以人们都在背后叫他“剥皮财主”，而王冕小时候就是在这样的一个财主家当放牛娃。他日子过得很困难，常常是天不亮就要牵牛上山，天黑了才回来，还经常吃不饱饭。好不容易到了年底可以将这一年的工钱结清了，可是这个贪心的财主却不想给钱，于是就对小王冕说：

“今年我们领钱的规矩变了。我给你出一个谜语，你如果答上来了，我就发工钱给你；如果你答不上来，这一年你就算是白干了。现在我要出题了，这是一个故事题。说的是有一群穷人有一次挖到了一件宝贝，那是一大块美玉。这些穷人见挖出了宝贝心里很高兴，他们觉得应该每人都有一份才对，于是就将这一大块的美玉给砸成了几块，每人分一块。他们却不知道，这块美玉如果是完整的一块就是一件宝贝，可是被他们砸坏了之后，这玉就不值钱了。这群穷人还是穷人，你听清楚没有，现在就猜一猜这是一个什么字吧。”财主看着王冕，心里很得意，这可是他找人好不容易才想出来的字谜，王冕小小年纪一定猜不出来，看来今年这工钱又可以省下来了。就在这个贪心财主得意的时候，王冕却笑着回答道：

“这还不简单，穷人分宝贝还是穷人，这个字就是‘贫’嘛。”

财主见王冕这么容易就答了上来，大吃一惊，可是刚才自己已经把话说到了前面，只好将这一年的工钱给了王冕。王冕看着自己辛苦一年所得到的那一点点微薄的工钱，心里很不是滋味，很想赶快从这个“剥皮财主”家离开，可自己当初签的是三年的合约，现在才一年，想走的话财主肯定是不会放人的，可自己又确实不愿意再在这个地方待下去了，于是他脑筋飞快地转了一下，既然这个财主可以用谜语来考自己，那自己为什么不以其人之道还治其人之身呢？于是，王冕对财主说：

“老爷，您刚才出了一个谜语给我，现在我也出一个谜语给您猜。如果您猜中了，我以后两年就白给您干。如果您猜不中，那我就要提前两年离开这里，不再给您放牛了，行吗？”

财主一听，心里一下高兴起来，心想一个小孩能出什么高难度的谜语出来，只要我猜中了，就可以白白使唤他两年，于是财主同意了。王冕看着这个贪心的财主笑着说：

“我出的也是一个故事谜。从前有一个财主带着一个伙计去做生意，说好了财主出钱，伙计出力，赚回来的钱一人一半。经过一年的辛苦工作，他们终于赚了钱回家了。在回家的时候那个财主对伙计说第二天来拿钱，于是伙计就自己回去了。第二天，这个伙计来拿钱的时候，财主却苦着脸告诉伙计，自己回家的时候被一匹受惊的马把装钱的箱子踩扁了，没有钱分了，就这样，财主就一个人将钱私吞了，请问这是一个什么字？”

财主想了半天也不知道是什么字，只好认输。王冕笑着说：“马把箱子踩扁了，这是一个‘骗’字嘛，财主就喜欢骗人呀！”

“剥皮财主”听了之后才明白王冕骂自己是骗子，可是明明知道王冕骂了自己，财主却没有办法生气，因为自己一生气不就自己承认自己是骗子吗？无奈的财主只好将王冕的合约拿出来还给了王冕。王冕接过合约书仔细看过没有错之后，就将这张合约撕掉了，然后走出了财主家的大门。

从此，王冕努力学习，刻苦训练，最后终于成为一代名诗人和名画家。

机灵的捕鸟者

有一天一个捕鸟者在小麦田里撒开一个大网，太阳下山前，麦田上飞来了各种各样的鸟，捕鸟者拉一下绳子，鸟就都在网里了。但鸟很多，它们齐心协力从地上起飞，结果，带着网飞到了空中。因为它们拖着网，所以飞得很慢。捕鸟者见此情况，他就一边不时地望着天上，一边跟着鸟走。他走过了村庄后，遇到了一个行人。

“朋友，你那么急到哪儿去？”行

人问他。

“我要捉住那群鸟，它们把我的网带走了。”捕鸟者答道。

“你的理智在哪里?”行人惊奇地问，“你没看见它们飞得又高又齐心?你是怎么也捉不到的!”

“我们瞧吧！我们瞧吧!”捕鸟者高声说完，又往前跑了。

太阳西下时，鸟找地方过夜了。

“我们飞到河边去吧。”野鸭子建议说，“河边上有非常好的芦苇!”

“最好还是到香蕉树林里去过夜。”鹦鹉说。

“我们想在沼泽里过夜!”朱鹭叫道，“那里有肥壮的青蛙!”

“我们要到河边去！我们要到河边去!”还有一些鸟叫道。

“我们要到香蕉树林里去。”另一些鸟争着说。

“我们要到沼泽去。”第二种鸟坚持说。

它们争了好久，但怎么也不能决定下来今晚究竟去哪里过夜，野鸭看到右面有河，就往河里去；这时鹦鹉往左飞，要到香蕉林去；朱鹭往后飞，要到沼泽里去。

这样一来，网就落到了地面上，这时捕鸟者立即收紧网，抓到了不少鸟。他把猎物放在肩上，第二天到市场上去卖了。

（西班牙）

农民和三个枢密官

从前，有一个国王，他有三个枢密官，他们都认为自己是世界上最英明的人，但国王不大相信他们的本领，决定要考验一下他们。

有一天，国王带了三个枢密官一道去打猎。路上，他们遇到了一个老农民在耕地。国王停下来，看了老农民一眼，说：

“啊，山顶上下了多少的雪啊!”

“国王，是下雪的时候到了。”老农民回答说。

“你的房子被火烧过几次?”

“两次，国王陛下!”

“还要烧几次?”

“三次。”

“我给你三只笨鹅好不好？你能把它们的毛全拔掉吗?”

“随您拿来多少，我一定能把它们的毛都拔掉。”农民笑着说。

国王告别了老农，继续往前走，过了一会儿，他问枢密官说：

“现在，我来考考你们的智慧了。我刚才问了农民什么？他的回答是什么意思？你们给我说出来，如果回答不出，我就斩了你们!”

枢密官急叫起来：

“怎么？马上要回答？得让我们想一想！”

国王同意了，说：

“好，但是三天后还猜不出，我就要处决你们。”

枢密官们翻阅了几百本书，但没有一本书有这样的答案。这时，他们只好去问那个老农民：

“老伯，请告诉我们，那天国王问的和你回答的话，是什么意思？”

“好吧，我可以告诉你们。不过，你们得先脱下贵重的衣服交给我。”

“为什么你要我们的衣服？我们付钱给你好了。”

“不行！”农民坚持自己的主意，“我不需要钱。”

枢密官看到无法说服老头，只得乖乖地脱下衣服交给农民，然后问：

“当时山顶上都是鲜花和绿树，国王为什么说山顶上都是雪？”

“国王是看见我头上的白发后，才这么问的。我回答说，年纪大了才白的。”

“为什么你说你家里被火烧了两次，还要烧三次？”

“国王问我嫁了几个女儿，我回答说，嫁了两个。因为嫁女儿，要给一份好嫁妆，这嫁妆等于被火烧后造了一座新房子。我还有三个女儿，就是说，我的家还要被火烧三次。”

“那么他答应给你三只什么样的笨鹅，你还要把它们的毛全拔光？”

“笨鹅就是你们！”原来，国王秘密地跟在枢密官后面，当他听到了他们的谈话后，忍不住站出来说了。

枢密官们听了，吓得瑟瑟抖，连忙跪在国王面前求饶。

“好吧，我饶了你们，但你们应该火烧这个农民的房子。”

“三次火烧？”枢密官惊奇地问，“这是什么意思？”

农民笑着说：

“这是说，你们应该给我三个女儿置办嫁妆！”

国王的三个笨枢密官，为了自己的脑袋免遭国王的刽子手砍掉，只好给这个聪明的农民的三个女儿，办了三份丰厚的嫁妆。

（葡萄牙）

同魔鬼较量

有个老农民，由于年老体弱，欠了一身债。他叫三个儿子上山去砍柴，以便还清债务。

老大第一个上山，正准备砍一棵树枝繁多的枞树时，看到了一个高大的魔鬼。

“你砍我的树，我要杀死你！”魔鬼叫道。老大丢了斧头，拔脚就逃。

他气喘吁吁地回到家里，诉说了这件事。父亲说他胆子太小，肯定是“兔子的灵魂”。

第二天，轮到老二上山。当他开始砍柴时，一个魔鬼也走到他面前，说：“你伐我的树，我要杀死你！”

青年看也不看魔鬼，扔了斧头，像大哥一样，拔脚就逃。他回到家里，父亲十分生气地说，他年轻时根本不怕鬼。

第三天由小兄弟阿斯凯拉岑去砍柴了。母亲给他准备好奶酪出发了。当他砍伐树木时，一个巨大的魔鬼走到他面前说：

“你伐我的树，我要砍你的头！”但是阿斯凯拉岑没有惊慌失措。他跑进树林深处，拾起一个湿淋淋的果实，用手捏，汁液一滴滴地流出来。

“要是你再不老实的话，我就要揪住你，像这块石头一样，捏出水来！”

“饶了我，亲爱的朋友！”魔鬼哀求了，“我来帮助你砍柴。”

这时，阿斯凯拉岑才饶了它。魔鬼非常卖劲，一天之内他们砍了十亩地的树。

夜降临了，魔鬼说：“到我家去吧，我的家比你的近。”

阿斯凯拉岑就跟在他后面走，他们到达后，魔鬼去生炉子，叫老三去打水煮粥，老三见两只铁桶又大又重，所以他对魔鬼说：

“我不用这种笨家伙去打水，我们可以从井里直接取水吃的。”

“但是，亲爱的朋友，我可不能失去这口井。”魔鬼回答说，“那么你来生炉子，我去挑水。”

魔鬼挑来水以后，他们煮了一大锅粥。老三说：“如果你愿意的话，我们来比赛一下，看谁吃得多。”

“好吧！”魔鬼赞同地说。他们坐下来开始吃了。老三带了一只皮袋，系在肚子上。他倒在皮袋里的要比吃的多，当皮袋装满时，他用刀划破了皮袋。魔鬼看到这种情况，不知是何用意，所以也没说什么。

他们坐在桌边吃了很久，魔鬼终于放下碗说：“我吃不下了。”

“怎么吃不下？”老三问道，“那么，你向我学习，也划破肚皮，这时你可以想吃多少，就吃多少。”

“痛吗？”魔鬼问。

“区区小事，没什么可说的。”老三答道。

魔鬼听了老三的话，结果自己将自己生命结束了。

这时，老三收拾起山上的全部金银财宝回家去了，现在他的钱要比欠的债多得多了。

（挪威）

二、节日故事

感受缤纷节日，了解民风民俗；学习传统节日知识，继承和发扬优秀的传统文化。

春 节

在中国，春节是最隆重的传统节日，俗称过年，包括除夕和正月初一两天。除夕是旧年的最后一天，正月初一是新年的第一天。关于春节的来历，民间一直流传着这样一个故事。

很早以前，有一种怪兽，它生活在深山老林里，经常发出“年！年！”的吼叫，因此人们管它叫“年兽”。年兽相貌狰狞，凶猛异常，而且胃口很大，无论是鼻涕虫还是大活人，都照吃不误。大家都谈“年”色变，连它的名字也不敢轻易说出来。

每隔一段时间，年兽便会趁天黑从深山里蹿出来，摸进附近的村子里找东西吃，经常有人被它吃掉。没有被吃掉的人，则欣喜不已，感谢天地祖宗的保佑，而且邻里亲友见面后要互相道喜。后来，人们慢慢掌握了年兽的活动规律，知道它每隔三百六十五天，便会蹿到有人居住的地方吃人，而且出没的时间都是在天黑以后，等到鸡叫时，它便返回山林中去了。

于是，每一年的最后一天，大家都非常担心。每到除夕晚上，家家户户都提前做好晚饭，关好牲口棚，封住房子的前后门，躲在屋里吃年夜饭。由于大家都不敢保证自己的安全，所以这顿饭置办得很丰盛，全家老小围坐在一起，表示和睦团圆的意思。吃饭前，必须祭祀祖先，祈求神灵保佑全家人平安地度过这一夜。吃过晚饭后，因为怕年兽袭击，谁都不敢睡觉，只好挤在火盆旁边闲聊，说话壮胆，后来逐渐形成了除夕夜守岁的风俗。

有一年的除夕晚上，年兽照常蹿到附近的村子里，几乎吃光了村子里的人，只有一家人和几个小孩子平安无事。这一家人是一对新婚夫妇，刚成亲不久，窗户上还挂着红布帘，身上的红衣服还没有脱。年兽蹿到这里，看到红颜色的东西，马上就跑开了。

还有几个顽皮的小孩子，在院里点了一堆竹子玩耍，火光烧得通红，竹子燃烧后啪啪地爆响。年兽走到这里，看见火光冲天，爆破声四起，吓得掉头就跑。

此后，人们知道了年兽怕红色、怕光亮、怕响声，于是每年的除夕晚上，家家户户都在窗户上贴红纸，身上穿着红颜色的衣服，房檐下挂上红灯笼，到处敲锣打鼓，燃放烟花爆竹。这样一来，年兽就再也不敢来骚扰人们了。

但是，民间过年挂红灯笼、贴红

纸、放鞭炮的习俗，却一直流传至今。只不过，这种习俗已经成了喜庆、吉祥的象征。

元宵节

农历正月十五是我国的传统节日——元宵节。元宵节是一年中第一个月圆之夜，按照民间的传统风俗，在这天晚上，天上明月高悬，家家户户悬挂彩灯，人们吃完晚饭后，便出门观灯、猜灯谜、吃元宵，合家团聚，其乐融融。

每年的元宵节，家家户户都要吃元宵。这个习俗，已经流传了两千多年，据说最早是在汉朝时出现的。当时，雄才伟略的汉武帝统治天下，他手下有位机智诙谐的大臣，名叫东方朔，元宵节的形成就与他有很大的关系。

一个冬天的早上，东方朔应汉武帝的邀请到御花园去赏雪。刚进门，就发现有位宫女站在井边，哭得十分伤心，似乎想跳井。东方朔慌忙上前，一把拉住宫女，问她有什么事想不开要寻短见。

宫女哭哭啼啼地说，她叫元宵，进宫很久了，一直没有机会见到家里人，过春节的时候别人都一家团圆，自己却孤孤单单，就更加思念家人，觉得不能孝顺父母，想一死了之。

东方朔非常同情她的遭遇，于是就向元宵保证，一定会设法让她和家人团聚。第二天，东方朔来到街上摆了一个摊子，替人占卦算命。大家因为仰慕他的大名，都争着请他占卜求卦。不料，每个人得到的答复都一样，说正月十六日京城要发生火灾，家家户户都有危险。很快，这个消息就传开了。一时之间，长安城里人心惶惶，议论纷纷。人们都到东方朔的卦摊上，询问解灾的办法。东方朔说："正月十三傍晚，玉皇大帝命天上的火神爷派一位赤衣神女下凡火烧长安。我不知道解灾的方法，但我可以把抄录的偈语给你们，你们去问问天子。他是天上的神仙转世，一定有办法解救大家。"说完，便扔下一张红纸帖子，扬长而去。

百姓们拿着帖子，赶紧来到皇宫外，求侍卫将帖子送给皇帝看。不久之后，汉武帝拿到了帖子，只见上面写着："长安浩劫，火烧帝阙，十五大火，焰红宵夜。"他心中大惊，连忙请来足智多谋的东方朔，向他请教破解之法。东方朔假装想了一阵，说："听说火神爷最喜欢吃元宵，到正月十五的晚上，不如让京城里的家家户户都做元宵，一齐敬奉火神。再下令臣民一起在十五日晚上挂起红灯笼，燃放鞭炮烟火，好像满城都在燃烧一样，这样就可以瞒过玉帝了。此外，还要通知城外的百姓，晚上进城观看花灯，杂在人群中，这样才能消灾解难。”

汉武帝听后，十分高兴，就下令照东方朔的办法去做，到了正月十五晚上，长安城里张灯结彩，游人熙熙攘攘，热闹非凡。元宵的父母也带着妹妹，一起进城观灯。当他们看到一盏大宫灯上写着“元宵”两个字时，马上惊喜地高喊起来：“元宵！元宵！”元宵碰巧听到喊声，连忙向他们跑了过来，一家人终于团聚了。

热闹了一夜，长安城果然平安无事。汉武帝大喜，马上下令，以后每年的正月十五，大家都做元宵，供奉火神爷，全城挂红灯放烟火。元宵节就这样形成了。

清明节

公历 4 月 5 日前后，是我国的传统节日——清明节，又叫扫坟节。它与农历七月十五的中元节及十月十五的下元节合称三冥节，都是祭祀鬼神、祖先的节日。清明节的前一天是寒食节，顾名思义，寒食就是吃冷食。

后来，由于两者日期接近，民间渐渐将它们融合在一起，到了隋唐年间，清明节和寒食节便成为扫墓祭祖的节日。从此，清明节踏青扫墓，便成为中华民族一种固定的风俗。

相传寒食节起源于春秋战国时期。当时，晋献公的妃子骊姬为了让自己的儿子奚齐当上国君，就设下毒计，谋害太子申生。申生的弟弟重耳为了躲避迫害，流亡到别的国家。在流亡期间，重耳受尽了屈辱，整天提心吊胆，生怕骊姬派人追杀他。以前跟着重耳出逃的大臣，多数都各奔前程去了，只剩下少数几个忠心耿耿的人，一直追随着他，其中一个叫介之推。

一天，在逃亡路上，干粮吃完了，重耳饿得晕了过去。介之推便从自己腿上割下一块肉，用火烤熟了，让重耳吃，重耳才没被饿死。十九年后，重耳回到晋国，做了国君，史称晋文公。他励精图治，成为历史上著名的春秋五霸之一。

晋文公执政后，重赏了那些和他同甘共苦的臣子，却唯独忘了介之推。后来，有人在晋文公面前为介之推叫屈，晋文公这才想起来，不免心中有愧，马上派人去请介之推，上朝受赏封官。可是，使者去了几趟，介之推就是不来，晋文公只好亲自去请。

晋文公来到介之推的家，只见大门紧闭，一个人影也没有了。原来，介之推不愿意见晋文公，已经背着年迈的老母亲，躲进了绵山。晋文公不甘心就这样回去，下令让御林军搜山，结果也没有找到。于是，有人给晋文公出了个主意，说不如放火烧山，三面点火，留下一面，只要大火一起，孝顺的介之推怕伤到母亲，自然会出来的。

于是，晋文公便下令烧山。不料大火烧了三天三夜，一直到熄灭，始终不见介之推出来。众人上山一看，只见介之推紧紧抱着母亲，坐在一棵烧焦的柳树下，早已烧成了焦炭。晋文公望着介之推的尸体，痛哭一场，然后叫人安葬。手下拉开介之推的尸体时，发现他的背后有一个树洞，洞里好像有什么东西。掏出一看，原来是一片撕下的衣襟，上面用血写着一首诗：

割肉奉君尽丹心，但愿主公常清明。
柳下做鬼终不见，强似伴君做谏臣。
倘若主公心有我，忆我之时常自省。
臣在九泉心无愧，勤政清明复清明。

晋文公将血书放在袖子里，然后把母子二人安葬在那棵烧焦的大柳树下。为了纪念介之推，晋文公下令把绵山改为介山，还在山上修建了祠堂，并把放火烧山的这一天，定为寒食节，每年这天禁止生火点烟，一律吃冷食。临走时，他砍了一截烧焦的柳木，带回去做了双木屐，每天望着木屐感叹道："悲哉足下。"（"足下"一词，从此成为人们相互之间的尊称）

第二年，晋文公又率领群臣，穿着素服，徒步登上介山，祭奠介之推。走到介之推的坟前，只见那棵被烧得像焦炭一样的老柳树，居然长出了嫩芽绿枝，随风飘舞。晋文公走过去，折了一段柳树枝，编成一个圈，戴在头上。祭扫完毕后，晋文公给这棵复活的老柳树赐名为"清明柳"，又把这一天定为清明节。

此后，晋文公勤政清明，晋国的百姓非常怀念有功不居、不图富贵的介之推，因为他是被火烧死的，每年清明这一天，大家都不忍心烧火，宁愿吃冷食。久而久之，清明节就成了老百姓祭奠亲人的节日。

端午节

农历五月初五是我国的传统节日——端午节，它是人们为纪念伟大的诗人屈原而设立的。屈原是战国时期楚武王熊通的后代，是楚国贵族中的杰出人才。他热爱自己的祖国和人民，并且精通历史、文学与神话，还熟悉各国形势和治世之道，又聪明好学，善于辩论，是我国伟大的浪漫主义诗人之一。

最初，屈原很得楚怀王的信任，他们经常一起讨论国家大事。屈原主张与齐国联合，共同抗衡秦国，因此不断发展楚国的政治、经济等，在屈原的努力下，楚国国力有所增强。后来，屈原的改革措施遭到了以楚怀王的宠妃郑袖、公子子兰和上官大夫靳尚为代表的楚国贵族大臣们的反对。这些贵族大臣们只想维护自己的贵族特权，整天围在楚怀王身边，左右楚怀王的言行。昏聩的楚怀王听信谗言后，渐渐疏远了屈原。

公元前304年，秦国相国张仪来到楚国，鼓动三寸不烂之舌，瓦解齐楚联盟。屈原一直竭力反对，不但没有收到任何效果，反而在秦楚订立黄棘之盟后被流放到了汉北地区。公元前293年，秦国派大将白起前往伊阙攻打韩国，得胜后又率领诸侯讨伐楚国。楚顷襄王没有主见，决定再次与秦国讲和。屈原忍无可忍，写诗抒情，却因此得罪了公子子兰，遭到第二次流放，被流放到南方的荒僻地区。公元前278年，白起攻破楚国都城郢都。屈原不忍看见国都的沦陷和人民的痛苦，怀着满腔悲愤，来到汨罗江边，披头散发，边走边吟，最后投水自尽。

屈原死后，楚国的百姓非常悲痛，纷纷涌到汨罗江边去凭吊。大家划着船，在江里搜寻他的尸体。一位渔夫拿出用楝树叶包的饭团，丢进江里，说是让鱼龙虾蟹吃饱了，才不会去咬屈原的身体。一位医师则拿来一坛雄黄酒，倒进江里，说是要药晕水兽，免得伤害屈原。

一天晚上，江边的人们梦见屈原来了。

人们围上去行礼问候。

屈原说："乡亲们，我非常感谢你们。"

人们见屈原脸庞清瘦，身体很弱，便关心地问："我们送给您的米饭，您都吃到了没有？"

"谢谢父老乡亲们。"屈原感激地说。

可是，接着，他又叹了口气，说："你们送给我的米饭，都被那些鱼、虾、龟、蚌吃了。"

"那怎么办呢？"人们急切地询问。

屈原说："如果用青青的竹叶把米饭包上，做成有尖角的粽子，鱼、虾、龟、蚌会以为是菱角，就不敢吃了。"

第二年端午节时，人们就做了粽子，投入江中。

可是，过了不久，屈原又给江边的人托梦说："谢谢你们送给我粽子，我吃到一些。可是，仍然有不少被鱼、虾、龟、蚌抢去了。”

人们问他，有什么办法可以制止鱼、虾、龟、蚌抢粽子。屈原说：“送粽子时，可以把船装扮成龙的样子，再把粽子用五彩线缠上，鱼、虾、龟、蚌便不敢吃了。因为，它们都归龙王管辖，五彩线是它们最怕的东西。”

后来，每年的农历五月初五，就有了划龙舟、吃粽子、喝雄黄酒的风俗，人们以此来纪念伟大的屈原，逐渐演变成今天的端午节。

七夕节

每年农历的七月初七，是汉族的传统节日——七夕节。七夕节起源于汉代，因为节日活动的内容又是以乞巧为主，所以又称“乞巧节”。所谓的乞巧，就是年轻少女在院子里陈设瓜果，向天上的织女祈祷能提高自己刺绣缝纫的技巧。

传说早在天上的时候，织女和牵牛就已经情投意合。可是，天庭不允许男女神仙谈恋爱。他们犯了天规，自然要受罚，因为织女是王母的孙女，王母便手下留情，只是将牵牛贬下了凡间。

织女留在天上，每天不停地织着云彩。自从牵牛被贬下凡之后，织女常常以泪洗面，愁眉不展。

有一天，几个仙女向王母恳求，想到人间的碧莲池游玩。王母心情不错，便答应了她们。她们见织女非常苦闷，便又向王母求情，希望让织女一起前去散散心。王母也心疼自己的孙女，便同意了，但一再叮嘱她们要早去早回。

牵牛下凡后，投胎在一户农民家中，取名牛郎。后来父母过世，哥嫂就要和他分家，只给了他一头老牛和一辆破车。从此，牛郎就和那头老牛相依为命。但是，牛郎并不知道，那头老牛本来是天上的金牛星，因为替被贬下凡的牵牛说了几句公道话，也被贬下了凡间。

有一天，老牛突然开口说起了话：“牛郎，今天你到碧莲池去，那儿有几个仙女在洗澡。你把那件红色的衣服藏起来，它的主人就会成为你的妻子。”牛郎见老牛居然会说话，又惊讶又高兴，便问道：“牛大哥，你说的是真的吗？”老牛点了点头，牛郎便悄悄躲在碧莲池旁的芦苇丛里，等候仙女们的降临。

不一会儿，天上果然飞下了几位仙女，她们翩翩飘下来，一个个脱下衣裳，纵身跃入水里，愉快地洗起澡来。牛郎马上从芦苇丛里跑出来，拿走了那件红色的仙衣。仙女们见有人来了，连忙手忙脚乱地穿上衣服，像小鸟般地飞走了，只剩下那位找不到衣服的仙女，还在那里着急。这位仙女正是织女，她见自己的衣服被一个小伙子抢走，又羞又急。这时，牛郎走上前来，对她说："你要是答应做我的妻子，我就把衣服还给你。"织女仔细一看，发现牛郎便是自己日夜思念的牵牛，便含羞答应了。

两人成亲后，男耕女织，相亲相爱，日子过得非常幸福美满。不久之后，他们生下了一儿一女，十分可爱。但是，好景不长，很快地，王母知道了他们结婚的消息，顿时勃然大怒，马上派天兵天将将织女捉回天庭问罪。

巧的是，牛郎家的那头老牛正好死了。按照老牛临终的吩咐，牛郎将牛皮剥下来，好好埋葬了老牛。这一天，牛郎刚下地干活，突然间狂风大作。天兵天将从天而降，来到牛郎家里不容分说，押着织女便飞上了天。

牛郎回家后不见织女，想起老牛的嘱咐，便将儿女放在箩筐里，披上牛皮。顿时，牛皮带着他缓缓向天空飞去。

织女哭得肝肠寸断，被天将押着往天庭飞去。忽然，后面传来了牛郎的声音："织女，等等我！"织女回头一看，只见丈夫披着牛皮挑着两个儿女赶来了。织女看见可爱的儿女，眼泪就下来了，孩子们也都张开双臂，大声呼叫着"妈妈"。眼看牛郎就要追上织女了，就在这时，王母驾着云赶来了，她拔下头上的金簪，在他们中间一划。刹那间，一条波涛滚滚的天河横在了织女和牛郎之间，将他们分开了。

织女望着对岸的丈夫和儿女，哭得声嘶力竭，牛郎和孩子们也哭得死去活来，连站在一旁观望的神仙们都觉得心酸。王母看到这一切，也被他们坚贞的爱情所感动，便同意让牛郎和孩子们留在天上，每年的七月初七，让他们在鹊桥上相会。

从此，牛郎和他的儿女就住在天上，隔着一条天河，和织女遥遥相望。每年七月初七，成群结队的喜鹊飞来为他们搭桥。鹊桥之上，牛郎织女一家终于团聚了！

传说每年的这一天晚上，如果站在葡萄架下静静聆听，隐约能听到天空里仙乐齐鸣，织女和牛郎在深情地交谈。于是姑娘们纷纷来到月下，抬头仰望星空，寻找银河边上的牛郎星和织女星，希望能看到他们一年一度的相会，并乞求上天能让自己像织女那样心灵手巧，祈祷自己能有称心如意的美满婚姻。后来逐渐形成了今天的七夕节。

中秋节

农历八月十五，是我国一年一度的中秋节。这天晚上如果不下雨，就会看到明月高挂，清辉洒满大地，人们把月圆看作团圆的象征，把这一天作为亲人团聚的日子。

相传在上古时代，天上同时有十个太阳，烤得地上的庄稼都枯死了，到处民不聊生。天帝看到了这一切就赐给后羿一张红色的弓、一袋白色的箭，命令后羿下界拯救百姓。后羿登上昆仑山顶，运足神力，拉开神弓，一气射下九个太阳。剩下的那个太阳害怕极了，慌慌张张地躲进大海里去了，再也不敢出来。后来，人们觉得没有太阳也不行，于是恳求玉帝，让剩下的那个太阳每天都出来。这天早上，在东边的海面上，透射出五彩缤纷的朝霞，一轮金灿灿的太阳露出海面来了！人们看到了太阳的光辉，高兴得手舞足蹈，齐声欢呼。从此，这个太阳每天从东方的海边升起，挂在天上，温暖着人间。

后羿因为射杀太阳，拯救了万物，功劳很大，被天帝赐封为天将，后来又与嫦娥结为夫妻，生活美满幸福。虽然后羿功劳很大，但是那些被射杀的太阳本来是天帝的儿子，后羿射死了其中的九个，玉帝心里有些愤怒，便找了个理由不许后羿再返回天庭。于是，后羿长途跋涉，渡过弱水，登上了昆仑山，向西王母讨要不死药。

西王母非常同情后羿的遭遇，就给了他两粒不死药，并告诉他，不死药是花了几千年的工夫才炼成的，如果不小心丢失了，就再也没有了。后羿回家后，将这番话告诉了妻子嫦娥，决定选八月十五日这个良辰吉日，吃下不死药，这样夫妻两人就能长生不老了。

嫦娥本来也是天上的仙女，因为天帝不许后羿返回天庭，便觉得是丈夫连累了自己，因此对后羿很不满。她听说不死药吃一粒可以长生，吃两粒就能升天，于是在八月十五日这天，趁着丈夫出门的时候，偷吃了两粒不死药。

一会儿工夫，嫦娥觉得身子变得越来越轻，居然飞了起来，一直升到了天上。她本来打算返回天庭做神仙，但是想到自己背弃了丈夫，心里十分惭愧，又担心被其他神仙嘲笑，于是临时改变了主意，飞到了月宫里。

月宫空无一人，出奇的冷清。在漫漫长夜中，嫦娥独自一人过着寂寞、清苦的生活。

后羿回来后，发现妻子不见了，悲痛欲绝。他仰望夜空，一声声呼唤着妻子的名字。突然，他惊奇地发现，当天晚上的月亮特别圆，特别明亮，而且上面还有一个晃动的身影，酷似嫦娥。后羿忙命人摆上香案，放上嫦娥最爱吃的食物和水果，希望她看到后能回来。只可惜后羿终究没能如愿，嫦娥再也没有回来了。

百姓们知道嫦娥奔月成仙的消息后，纷纷在月下摆上香案，向嫦娥祈求吉祥平安。从此，中秋节拜月的风俗便在民间传开了。

重阳节

农历九月初九，是我国传统的重阳节。在《易经》中，九为阳数，两九相重，故叫重阳，是一个值得庆贺的吉利日子。因为“九九”与“久久”同音，有长久的含义，而秋季又是收获的黄金季节，因此寓意深远。

相传东汉时期，汝南县出了一个瘟神。只要它一出现，就有人染病，天天都有人丧命。这一带的老百姓，受尽了瘟神的折磨。

当地有一个年轻人，名叫恒景。在一场突如其来的瘟疫中，父母被夺走了性命，自己也差点儿命丧黄泉。病愈后，他决定去找神仙拜师学艺，杀死瘟神。他四处访师寻道，走遍了各地的名山，终于打听到东方有一座古老的山，叫终南山，山上有一个叫费长房的神仙，法力无边。

恒景翻山越岭，历尽千辛万苦，终于来到了终南山。费长房被他的精神感动，决定收下恒景，并且教给他降妖之术，还赠给他一把降妖宝剑。恒景废寝忘食地苦练，终于练就了一身非凡的武艺。

一天，费长房把恒景叫到跟前说：“明天就是九月初九，瘟神又要出来作恶。你已经学成，应该回去为民除害了。”说完，又送给恒景一包可以辟邪的茱萸叶和一壶菊花酒，并且传授了用法，然后让恒景骑着仙鹤赶回家去。

九月初九早晨，恒景按照费长房的叮嘱，让乡亲们躲到附近的一座山上，发给每人一片茱萸叶、一杯菊花酒，做好了降妖除魔的准备。

中午时分，随着几声怪叫，瘟神从汝河里跳出来，向附近的村子飞去。刚飞到山下，突然闻到阵阵茱萸叶的奇香和菊花酒的气味，脸色大变，再也飞不动了。这时，恒景手持降妖宝剑，追下山去，大战几个回合就把瘟神杀死了。

从此，九月初九登高避疫的风俗，就这样年复一年地流传了下来。

腊八节

腊月初八，俗称腊八节，是古人欢庆丰收、感谢祖先和神灵的节日。在这一天人们除了举行祭祖敬神的活动外，还要驱逐瘟疫。腊八节的时间也是有变化的：先秦时期，腊八节在冬至后的第三天；南北朝时开始固定在农历的腊月初八。

这一天，人们都要喝腊八粥。中国人喝腊八粥的习俗，最早开始于宋代，到现在已经有一千多年的历史了。到了清朝，喝腊八粥的风俗更加盛行。在宫廷，皇帝、皇后、皇子要向文武大臣、侍从宫女赐腊八粥，并向各个寺院发放米、果等物品，供僧侣食用。在民间，家家户户也要煮腊八粥，祭祀祖先，然后一家人聚在一起食用。

据说腊八粥起源于古印度。古时候，在印度北部地区，有一个迦毗罗卫国。国中的净饭王有一个儿子叫乔达摩·悉达多，即后来的佛祖释迦牟尼。悉达多在年轻时，就感到人生在世，难免要经历生老病死等各种苦恼，觉得这样的生活徒劳无益，而且对婆罗门教的神权极为不满。

29 岁那年，悉达多舍弃了王族的奢华生活，出家苦修，饿得骨瘦如柴，最终昏倒在地。这时，一位牧羊女发现了他。善良的牧羊女在杂粮里掺入野果，用羊奶煮成粥，将悉达多救醒。大约在公元前 525 年的一天，即中国农历腊月初八，悉达多在佛陀伽耶的一株菩提树下彻悟成道，并创立了佛教，因此腊八节也被称为“佛成道节”。由于他是释迦族人，后来佛教徒们尊称他是“释迦牟尼”，就是释迦族圣人的意思。

佛教传入我国后，各地都兴建寺院，煮粥敬佛的活动也随之盛行起来。尤其是到了腊月初八这一天，各地的寺院都要诵经，并效法传说故事中佛祖成道前牧羊女献乳糜，用香谷和果实等食物，煮成粥供佛，名为“腊八粥”，并将之赠送给门徒及善男信女们。后来便在民间流传下来，并逐渐成为一种风俗。

据说有的寺院在腊月初八到来之前，僧人手持钵盂，沿街化缘，将收集来的米、栗、枣、果仁等材料，煮成腊八粥发放给穷人，说是穷人吃了后可以得到佛祖的保佑，所以穷人又把腊八粥叫做“佛粥”。

彝族火把节

从前，天上有一个大力士名叫斯热阿比，地上也有一个大力士名叫阿提拉巴，两人都有拔山之力，没有人能够摔倒他们。斯热阿比听到阿提拉巴是地上的大力士，很有本领，就从天上下来想要和他比试。那天阿提拉巴正好出门，他对母亲说："若天上的大力士来找我，请老人家抬一块铁块招待他，就说这是我吃的东西，请他尝尝。让他等一会儿，我马上回来找他摔跤。"

说完，阿提拉巴就走了。一会儿，斯热阿比来了。阿提拉巴的母亲真的抬了一块铁块给斯热阿比，他咬了一口，可是怎么也咬不动。他想：阿提拉巴吃铁块，他的力气一定比我大。想罢，他急急忙忙回去了。

阿提拉巴回来以后，他母亲把经过说了一遍。阿提拉巴听说斯热阿比咬不动铁块，就知道力气一定没有自己大，所以，他便跑去追斯热阿比。斯热阿比刚刚要上天，就被阿提拉巴追上了。

"不要走。你既然找我来摔跤，那咱们就比试比试吧!"

斯热阿比听了他的话，就张开双手，猛地抱住他，两人就开始摔跤了。他们的力气真的非常惊人，大地被他们震得"格格"地响，山峦、树木也都抖动起来。斯热阿比抱住阿提拉巴一摔，阿提拉巴踉跄一下，被斯热阿比压在地上。但他的背脊还没有着地的时候，阿提拉巴一个挺身，从斯热阿比头上翻过来压在他的身上。斯热阿比脊背落了地，但他不服输，还要求再摔一次。这一次，阿提拉巴站成一个骑马式，斯热阿比用力摔他，但是阿提拉巴的两脚像生了根一样，一动也不动。阿提拉巴乘斯热阿比不留神，抓住他的一只胳膊用力一摔，斯热阿比被摔出两丈多远，趴在地上动不了了。阿提拉巴走近一看，斯热阿比口吐鲜血，已经死了。

阿提拉巴安然无恙地回到家里。但是天菩萨知道斯热阿比被摔死的事以后，非常生气，但又没有办法对付阿提拉巴，便派来大量的虫子来吃地上的庄稼。阿提拉巴在农历六月二十四日那天晚上，砍了许多松树，领着人们烧虫子，把天菩萨派来的虫子都烧死了，保护了庄稼。从此，彝族百姓就把农历六月二十四日定为火把节。

苗族杀鱼节

每年三月初九，是居住在贵州龙里、贵定、福泉等地的苗族人民的“杀鱼节”。这天，人们来到河边，从河里叉起一条鲜鱼，架起铁锅，烧起篝火，用河水煮着鲜鱼，喝着米酒，祭天求雨，祈求风调雨顺，五谷丰登。

关于杀鱼节，民间流传着这样一个故事。

在很久以前，天王爷有一个长得十分漂亮的公主，她聪明伶俐，才貌超人，被天王爷宠爱得像掌上明珠一般。一天，公主突然生病了，天王爷非常焦急，派天兵天将送来了天宫的仙丹妙药，采来了昆仑山的灵芝草，挖来了长白山的人参娃，捞来了大海的珍珠。但是这些药都没有治好公主的病。眼看公主的病情一天天加重了，天王爷急得茶不思饭不想。后来，天王爷听说人间江河里的百鱼能治百病，就立刻派天神下到凡间，从江河湖海里捉了一百种鱼，熬成汤，端给公主。公主喝了鱼汤以后，没几天病就好啦。为了感谢鱼的救命之恩，天王爷下令保护江河湖海里的鱼类，不准人类随意伤害它们。天王爷还下令雨神把雨都降到江河湖海里，不许给人类一滴。

此时，天下大旱，苗家人十分忧愁。于是，乡亲们杀猪宰牛，祭天求雨。可是，天王爷仍旧不给人类一滴水。最后，猪牛都被宰杀完了。在三月初九这天，乡亲们从江河湖海里捉来一些鲤鱼、鲢鱼、鲑鱼、鲫鱼和娃娃鱼，来代替猪牛供品，祭天求雨。谁知，天王爷看到人间为了生活而杀死了他的恩鱼，想到鱼对他女儿的救命之恩，不由得伤心地痛哭起来。他这一哭，就是三天三夜，哭得乌云滚滚，狂风大作，电闪雷鸣。天王爷的泪水化成了倾盆大雨，从天而降。雨下了三天三夜，遍地流水，灌满了农田，滋润了草木。

直到现在，九里的平坡、贵定的光明、福泉新安寨的苗家人民，每年三月初九这天，都要到河边去杀鱼。

傣族泼水节

很早很早以前，有一个凶恶的魔王。他身有魔法，落在火里漂不走，掉在火里烧不烂，刀砍不烂，枪刺不穿，弓箭射不着。他自恃法力过人，傲慢自大，整天横行霸道、为非作歹。那时，天有十六层，他就成了其中一层的霸主。他欺压掳掠人民，无恶不作。尽管他已经有了六个美丽的妻子，但若哪一家有美丽的女儿，他都要霸占为妻。有一次，魔王来到人间遇到了一个名叫婻粽布的公主，他认为婻粽布长得比他的六个妻子都漂亮。于是，他又把她抢来，做了他的第七个妻子。

有一年六月，正是人间过年的那一天，魔王为婻粽布贺年，招来了魔臣魔将，在宫中饮酒作乐。酒过三巡，宾主都已经醉醺醺的了。婻粽布乘机对魔王称颂道："我尊贵的大王，您法力无边，德行高尚，凭着您的威望，您完全可以征服天堂、地狱、人间，您应该做三界的主人！"魔王听了洋洋得意，沉思了一会儿，转过脸对爱妻说："我的确能征服三界，我的弱点是谁也不知道的。"婻粽布接着又问道："大王有如此魔力，怎么会有弱点？"魔王小声回答："我就怕别人拔我的头发勒我的脖子，这会使我身首分家，你可得经常看着点儿。"婻粽布假装惊讶地追问："能够征服三界的大王，怎么会怕头发丝？"魔王又小声地说："头发丝虽然小，但我的头发丝却会勒断我的脖子，我就活不成了。"

婻粽布听了以后，暗暗打定主意。于是，她继续为魔王斟酒，直到酒席散尽，她又扶魔王上床睡熟。这时，她小心地拔下魔王的一根头发，未等魔王惊醒就勒到了魔王的脖子上。魔王的头立刻就掉到地上，头上滴下的血，每一滴都变成了一团火，熊熊燃烧，而且迅速向人间蔓延。这时，婻粽布赶忙把魔王的头抱起来，大地上的火焰也就熄灭了，可头一放下，火又烧起来了。于是，六个王妻也都赶来了，她们轮流抱着魔王的头，这样火才不再烧起来。

后来，婻粽布回到人间。但她仍旧浑身血迹，人们为了洗掉她身上的血迹，纷纷向她泼水，终于把血迹洗净了。从此，婻粽布幸福地生活在人间。婻粽布死后，人们为了纪念她，在每年过年的时候，就相互泼水，用洁净的水洗去身上的污垢，迎来吉祥的新年。

瑶族赶鸟节

每年二月初一，是瑶族人的赶鸟节。

相传，在很久很久以前，江华山区，林木茂密，很适宜鸟雀繁衍生息。以五谷为食的山雀、野鸡、斑鸠等熬过了严冬，看到山桃花开了，伸动翅膀，飞上天空，站上了高枝；看到山里人来了，就唱起欢乐的歌；看到姑娘手里金灿灿的包谷籽，一把把、一串串，撒进了黑沃沃的山土里，唱得更欢了，邀集伙伴，快来“会餐”！这样，它们往往成群结队，飞如乌云遮日，落像黑幕压地。耕山人一走，它们巧妙地试探了“稻草人”，飞落坡地，用尖利的嘴巴不停地啄，不一会儿，山土都被糟蹋得不成样子了。鸟害成了耕山人的一块心病。山地里没有了收成，耕山人只有吃蔬菜，官府的钱水粮油也枯竭了。皇上发了慌，忙下圣旨：“谁制住了鸟害，赏林九架，免税九年。”

圣旨传下来之后，山主、耕山人都纷纷想办法。

盘云寨有个盘英姑，很爱唱歌。她向着耕山人唱，耕山人的嘴里像溶了一块蜜；她向着山泉唱，山泉都停止了流淌；她向着山林唱，鸟雀们都羞得不敢开口，盘英姑的歌停了，鸟雀们还久久不肯离开。耕山人想到：要赶鸟，盘英姑一定有办法。于是，盘云寨的男男女女都来到盘英姑的木楼，跟她学起了唱歌，并商量把歌传到九十九寨的耕山人中间去，约定下年正月的最后一天，即是下种以前，把鸟雀从九山引开，赶到没有阳春作物的白头山去。

在盘云寨，有个叫盘阿肚的山主，养了一对画眉。每天清晨，他把鸟笼挂在木楼的房梁上，逗着画眉唱歌。说也奇怪，画眉的叫声也引来一些山雀，日停寨头，夜宿楼檐。山主十分高兴：“哈哈，九架岭又到我名下了。”于是，他急忙修书，报告皇帝。皇帝朱笔一点，命令各山寨的山主们多养画眉，正月的最后一天，以鸟引鸟，把九山九岭的鸟雀引上白头山石岩岭。

正月最末一天到了，就要种早包谷了。这天清早，九十九寨的耕山人，唱着歌聚集到寨头；九十九寨的山主，看着鸟雀一群群飞出山林，飞来山寨，十分高兴，便都举起鸟笼，抢在耕山人的前头，向白头山汇集。就这样，鸟雀追着人们的歌声，随着画眉的叫声，飞往白头山去了。

这天，白头山上人多，鸟也多。耕山人从清晨唱到黄昏，鸟雀真的忘了飞回山林，累了，就落在岩石上，人们悄悄离去。到了第二天，鸟儿又飞到云头寻找歌声，它们围着白头山飞，好像山头有听不完的歌声。这样，鸟雀们在白头山呆了半年，等到它们醒来，坡地上只剩了稻谷杆子：耕山人们早把粮食收进了寨门。

人们为了纪念这年的庄稼没受到任何鸟害，粮食丰收，就把二月初一定为了赶鸟节，并流传了下来。

黎族情人节

农历三月初三是黎族的情人节。这一天，黎族青年一边社交娱乐，一边寻找自己的心上人。

关于“三月三”的来历，民间流传着一个美丽的故事。

上古时期，聚居在昌化江畔的黎族人，遭受了一场前所未有的洪灾。洪水淹死了所有的生物，只剩下一对叫天妃和南音的兄妹。二人长大成人以后，决定分头寻找伴侣，约定在每年的三月初三，回到燕窝岭下相会。几年过去了，两人都没有找到伴侣。后来，为了不让种族灭绝，妹妹用竹签刺花了自己的脸，两人结为了夫妻，在燕窝岭上开荒种地，纺纱织布，生儿育女。许多年后，两人去世了，在山洞里化成一对大石头。黎族后代为了纪念他们，把石洞取名为娘母洞。

有一年三月初三，几个黎族小伙子出来玩，发现路边有几位美丽的姑娘，于是便追了上去，想给自己挑选一个意中人。姑娘们很害羞，跑到娘母洞中躲藏起来。小伙子们赶到洞口，正准备进去时，忽然听到“轰隆”一声巨响，一块大石头从天而降，把他们隔开了。小伙子们在洞外高声呼喊，苦苦等待姑娘们出来，一直等到黄昏，洞里还是没有动静，他们只好垂头丧气地离开了。

姑娘们躲在洞里，听到外面没有了动静，顿时又不安起来。她们走出洞门，寻找小伙子们的踪迹，来到一片荒野上，还没有看见一个人影。她们正在着急时，忽然听到几声哈哈大笑，小伙子们一个个从草丛中跳出来，一人一个，将她们牢牢抓住了。

姑娘们一个个羞怯地低下了头，脸红得像木棉花一样，但是也没有将手抽回来，这就表示她们已经接受了小伙子们。为了表示真挚的情谊，小伙子们顺手折下路边一种叫布任树的树枝，送给姑娘们。姑娘们接过树枝，悄悄遮住了半边脸，幸福地依偎到情人怀里。

从此，黎族人便把这一天定为青年男女谈情说爱的日子。每年农历三月初三，黎族人民都会穿着节日盛装，挑着山兰米酒，带上竹筒香饭，从四面八方汇集到一起：有的祭拜祖先；有的三五成群对歌跳舞，吹奏乐器，欢庆佳节；青年男女更是在节日里尽情狂欢，寻找自己的爱人。一直到天将破晓时，节庆活动才结束。

藏族沐浴节

从藏历的七月六日至七月二十日，是藏族人传统的沐浴节。男女老幼都要到附近的河中痛痛快快地洗个澡，并在水中尽情地嬉戏。沐浴之后，人们燃起火堆，喝着热腾腾的酥油茶，饮着香醇的青稞酒，吃着香甜的糌粑，说古论今，弹弦唱歌。

在藏语中，沐浴节也称“嘎玛日吉”，意思是弃山星，即金星。据藏文历书记载，弃山星有半年的时间在白天出现，另外半年在夜里出现。在藏历七月至八月初，拉萨地区的藏族人能用肉眼看见弃山星，传说当它的星光照射在水上时，这些水都会变成药水，能祛病强身。所以当弃山星出现的时候，藏族人的沐浴活动便进入高潮。

关于沐浴节的来历，民间流传着这样一个动人的故事。

在很久以前，草原上有一个名医，名叫宇托云旦贡布。他的医术十分高明，什么疑难杂症都能治，因此很受老百姓的爱戴。后来，藏王赤松德赞请他去做御医，专门给藏王和妃子们治病。但是，宇托进宫以后，心中一直放不下草原上的百姓，经常借外出采药的工夫，给百姓治病。

有一年，草原上流行着一种可怕的瘟疫，许多人都被病魔夺去了性命。这时，宇托在辽阔的草原上奔波忙碌，为患病的牧民治病。他爬雪山、进老林，采来各种珍贵的药材，救活了很多人。在大草原上，到处都在传颂宇托医生的功德，人们都亲切地称他为“药王”。

不久，宇托去世了，人们非常悲痛。就在他去世后，草原上又爆发了可怕的瘟疫，而且比上一次更严重。那些生命垂危的牧民，只得跪在地上，向苍天祈祷，希望上天保佑他们。

一个晚上，一位被病魔折磨得奄奄一息的妇女梦见了药王宇托。宇托告诉她，在第二天晚上，如果看见东南方的天空上出现一颗明亮的星星，就到吉曲河里去洗个澡，洗完澡以后，病就会好起来。梦醒后，这位妇女按照宇托的话去做了。她在吉曲河中洗澡以后，曾经又黄又瘦的她，顿时红光满面，身体也完全康复了。

这件事传开以后，所有的病人都来到河中洗澡。凡是洗过澡的病人，都恢复了健康。人们到处传说这颗奇特的星星就是宇托变的。因为宇托在天国看到草原人民又遭受到瘟疫的袭击，而自己又不能到人间来给人民治病，于是化作一颗星星，利用星星的光辉把河水变成药水，让人们在河水中洗澡治病。

从此，藏族人就把每年的七月六日至七月二十日定为沐浴节。据说洗澡以后，人就健康愉快，远离疾病。

白族三月街

每年农历的三月初十至二十，是白族人民的传统节日——云南大理三月街。活动在大理苍山脚下的中溪河畔举行，四面八方的白族同胞都会赶去参加。

古时候，洪水滔天，苍山脚下成了一片泽国。后来洪水退去，只留下一个耳朵形状的湖，这就是洱海。在山脚下的海边，出现了一个平坝，白族人就在这块新的土地上辛勤劳动，过着非常幸福的生活。

许多年以后，这里忽然出现了一个罗刹鬼。这个罗刹鬼很有一套本事，会变成老人、小孩或者漂亮的少女、精壮的小伙子，迷惑大家，趁人不防备，就下手害人。它平时和普通人在一起干活，谁都认不出它来。后来，不幸的事情接连发生了，这里的许多小孩经常在夜里被挖去了眼睛，但人们一直都不知道是什么妖魔在作祟。

直到有一次，有人亲眼看见罗刹鬼现出了原形，用长长的利爪抠去了一个小孩的眼睛，还放进嘴里吃了，人们才知道是罗刹鬼干的坏事。可是，罗刹鬼太厉害了，谁也不敢与它作对，人们只好暗地里商量着对付它的办法。罗刹鬼知道人们看穿了它的真面目，干脆明目张胆地霸占了这个地方，自称“魔王”，要人们给它献上童男童女的眼睛，否则就要兴风作浪，淹没田地庄稼，冲走人畜。

当时，这里有一位叫张敬的老人，为人非常正直，很受人们的尊敬。张敬知道罗刹鬼吃小孩眼睛的事情后，勇敢地站出来，劝说罗刹鬼停止做坏事。但是罗刹鬼根本就不听张敬的劝告，甚至还在大白天里现出本相。它长着鲜红的头发，绿色的皮肤，身上还长着一层绒毛，眼睛有鸡蛋那么大，锯齿獠牙中间拖着一条有刺的红舌，到处吓唬人。

有一天，村里来了个奇怪的老和尚，他一不化斋，二不传教，手里还牵着一条大黄狗。张敬见老和尚相貌非凡，不像是普通人，就把罗刹鬼作恶的事告诉了老和尚。于是，老和尚就坐在一个叫上鸡邑的村子外面的一块石头上，每天诵经念佛。后来，罗刹鬼来了，要吃老和尚的眼睛，老和尚用禅杖敲了罗刹鬼的头三下，罗刹鬼马上变成了一个书生。

老和尚说："你就是罗刹鬼吗？听说你喜欢吃人的眼睛，我也喜欢吃，不如我们做个朋友吧。不过，人的眼睛吃多了，你永远都变不成人。"

罗刹鬼不相信，说："我还没有听说过这样的事。"

老和尚问他："你吃了多少双眼睛？"

罗刹鬼略想了一会儿，然后毫不隐瞒地回答："吃了九十九百九十九双。"

老和尚警告他说："如果你再吃一双的话，就变不成人形了。"

罗刹鬼不相信，怪叫起来。老和尚又用禅杖在它头上敲了三下，罗刹鬼马上变回了原形。老和尚把自己的眼睛取下来，递给它说："你吃吧！"这一来，反而把罗刹鬼吓住了。不过，这家伙实在嘴馋，忍不住接过来吃了。

老和尚说："你现在变成人的样子给我看看！"可是，罗刹鬼使尽了千般本事，也变不成人形，急得暴跳如雷。老和尚说："别急，如果你答应我一个条件，我就可以让你恢复变人的本领。"罗刹鬼不情愿地答应了。

老和尚说："首先，我得向你借一块地盘打坐。至于要多大的地方，只要我的小黄狗能跳三步远，够我披上袈裟就行了。"老和尚怕罗刹鬼反悔，又说："按照规矩，我们还是请几位证人，立个文书吧！"于是老和尚请了张敬和一位勇敢的金甲神，又叫来村里的乡亲们作见证，然后在上鸡邑村的大石桌上，用石砚、石笔写了文书，并约定在农历三月十五这天，在苍山中和峰下举行仪式。

转眼间，约定的时间就到了。这一天中午时分，所有的人都到齐了。老和尚叫小黄狗向前跳三步，哪知道这只黄狗不是普通的狗，一下子便从苍山跳到了海东。罗刹鬼大惊失色，叫了起来。老和尚说："不忙，不忙。我还要披袈裟呢！"于是他把袈裟一展，结果从上关到下关整个地方，都被盖住了。罗刹鬼发现上了当，顿时咆哮起来，人们纷纷逃走，只剩下张敬、金甲神以及老和尚三人。老和尚说："文书已经写好了，你不能反悔！"并立即命令金甲神动手，要打死罗刹鬼。

罗刹鬼知道自己不是对手，便跪下哀求道："请老师父慈悲为怀，饶我一命。如果按照约定，我什么地方都没有了！"老和尚说："你不必担心，我已经替你准备了一座宫殿，里面什么都不缺，还有许多食物，比人的眼睛好吃多了，现在就领你去看看。"罗刹鬼不敢不听，只得乖乖地跟在老和尚身后。到了莲花峰，果然看见一座漂亮的宫殿，亭台楼阁、花鸟鱼虫，应有尽有，罗刹鬼这才欣然同意了。

老和尚又说："我在苍山庙前煮好了粉丝，招待今天参加仪式的人，也请你吃一碗。"罗刹鬼说："我还是想吃人的眼睛。"老和尚说："这也容易。"说完拿出一把黑豆，往洱海里一撒，立刻变出了无数的螺蛳，和人的眼睛很像。罗刹鬼分辨不出来，吃了许多螺蛳，又端过一碗粉丝，仰头就往肚子里灌。刚喝了一口，只听见"咔嚓"一声，碗里突然出现了一根铁链，锁住了它的脖子，随后便是一阵地动山摇，原本富丽堂皇的宫殿变成了万丈岩石，把罗刹鬼镇在下面了。

罗刹鬼大呼小叫起来，拼命挣扎，可是却使不出魔力，只有干着急。老和尚说："我也不过分为难你。我在洞口栽一株铁树，等哪年铁树开花了，我就放你出来。"从此，作恶多端的罗刹鬼，就再也没有出来作怪。

借地的第二天，老和尚在原来举行借地仪式的地方，修筑了一个高台，登台讲经，弹指说法。四面八方的老百姓都知道老和尚法力广大，都来听他讲经。时间一久，就形成了风俗。这里的人越来越多，许多人也趁机做起了小生意。讲经的第五天，即农历三月二十，老和尚对大家说："现在我要走了，以后每年三月十五到二十，你们都可以来这里赶会。因为每年这几天，是罗刹鬼最想翻身的日子，如果它发现这里人不多的话，还会作怪。"说到这里，他顿了顿，又对张敬老人说："收服罗刹鬼时，你出了不少力，现在我封你做宾居大王，永世为神。"说完，左右两边各出现一个童子，侍立在旁，一只白象跪在老和尚面前。老和尚摇身一变，变成一位白衣女子，手持杨柳净瓶，骑着白象，驾着彩云向南而去。

这时人们才恍然大悟，老和尚原来是观音菩萨的化身。从此，每年三月中旬，白族人民都要涌到这里举行盛会，也叫观音会。久而久之，就演变成了有名的大理三月街。

哈尼族姑娘节

每年农历的二月初四，生活在云南元阳县碧播山一带的哈尼族，都要欢度别开生面的姑娘节。这一天清晨，天还没有亮，男人们就出门挑水。天蒙蒙亮时，他们再砍回一担柴，接着就生火烧水，把洗脸水恭恭敬敬地端给慢腾腾起床的妇女。然后，男人们开始煮饭、洗菜、剁猪食、洗碗筷、带小孩，做平常妇女们做的事。妇女们则悠闲地坐在一旁，或做点针线活，或指挥男人干活。如果是未出嫁的姑娘们，则连针线活也不必做，因为今天是属于她们的节日。

午饭后，男人们急忙赶到寨中的公共娱乐场所。按习俗，先到的人最为勤快，后到的人最为懒惰。一些年轻的小伙子，向情人借来女式的新衣新裤，打扮成姑娘的样子，在欢快的音乐声中翩翩起舞，直到太阳偏西才回家做饭，继续服侍妇女到深夜。姑娘节才宣告结束。

关于姑娘节的起源，流传着一个古老而凄美的故事。

很久以前，碧播寨四面环山，山上终年泉水潺潺，林木茂盛，景色非常漂亮。寨里有一位姑娘，名叫尤玛，生得比金竹花还标致。长大后，尤玛爱上了英俊彪悍的青年猎人戛期，两人私下里订了终身。

但是在古代，哈尼族的姑娘要结婚，自己是做不了主的，婚姻大事要由土司头人和父母决定。尤玛的父母很贪财，他们把女儿许配给了土司的独眼儿子。尤玛痛苦极了，决心以死来表达对爱情的忠诚。

二月初四这天，尤玛独自上山砍柴，遇到了同村和邻村的三个姑娘，她们都是好朋友。尤玛流着泪，向她们诉说了自己的不幸遭遇，几个姑娘抱在一起，痛哭不止。原来，她们也是古老婚姻制度的受害者，在父母和头人的包办下结了婚，日子过得一点也不幸福。四个姑娘忘了砍柴，也忘了回家，在山顶上尽情地倾诉苦衷，越说越发愁，越说越伤悲，最后一咬牙，就一起跳崖自尽了。

悲剧发生后，哈尼族人也开始反省他们的习俗，觉得再也不能蛮横干涉年轻人的婚姻大事了，特别是姑娘们，应该让她们自己去选择意中人。为了告诫后人，他们把每年的二月初四定为“姑娘节”，以表示尊重妇女和尊重婚姻自由。

现在，哈尼族男女青年自由相爱后，就自己选日子结婚，不要彩礼，也不办酒席，只用几杯香茶招待前来祝贺的宾客。

三、饮食故事

汇聚经典食物，畅饮醇酒与香茶，享受饕餮盛宴，增加人们对饮食的认识，提高人们的生活质量，增添生活的乐趣。

西湖龙井

西湖龙井是我国的第一名茶，素以“色绿、香郁、味醇、形美”四绝著称于世。其形光扁平直，色翠略黄似糙米色，滋味甘鲜醇和，香气幽雅清高，汤色碧绿黄莹，叶底细嫩成朵。主要有兴奋、利尿、强心解痉、抑制动脉硬化等保健功效。

关于西湖龙井，民间流传着这样一段故事。

据说，当年乾隆皇帝下江南时，来到杭州龙井狮峰山下观看乡女采茶，体察民情。

这天，乾隆皇帝看见几个乡女正在十多棵绿茵茵的茶蓬前采茶，心中一乐，也学着采了起来。刚采了一把，忽然太监来报：“太后有病，请皇上急速回京。”乾隆皇帝听说太后生病，随手将一把茶叶向袋内一放，日夜兼程地赶回京城。

事实上，太后只因山珍海味吃多了，一时肝火上升，双眼红肿，胃里不适，并没有患什么大病。此时见皇儿来到，只觉一股清香传来，便问带来什么好东西。皇帝也觉得奇怪，哪来的清香呢？他随手一摸，啊，原来是杭州狮峰山的一把茶叶，几天过后已经干了，浓郁的香气就是它散出来的。太后想尝尝茶叶的味道，宫女将茶泡好，茶送到太后面前，果然清香扑鼻。太后喝了一口，双眼顿时舒适多了，喝完了茶，红肿消了，胃也不胀了。太后高兴地说：“杭州龙井的茶叶，真是灵丹妙药。”乾隆皇帝见太后这么高兴，立即传令下去，将杭州龙井狮峰山下胡公庙前那十八棵茶树封为御茶，每年采摘新茶，专门进贡太后。

“茶中之美数龙井”，而龙井茶又尤以西湖龙井为最美。西湖龙井的传说也很优美。清朝年间，乾隆帝六次南巡，先后四次驾临龙井茶区看茶农采茶、制茶。传说，这位嗜茶的长寿之君曾亲自动手采茶。他把在胡公庙老龙井寺采的一些茶芽夹在书中带回京城，献给皇太后观赏。太后看了被书夹扁了的茶芽甚是喜欢，并指定要这样的贡茶。从此，龙井茶就保持了独特的书签外形。

至今，杭州龙井村胡公庙前还保存着这十八棵御茶。到杭州的旅游者中有不少还专程去察访一番，拍照留念。

杨贵妃与“贵妃鸡”

“贵妃鸡”是苏州的一道名菜。它的做法是选用肥嫩的童子鸡翅膀与香菇、淡菜、嫩笋、青椒一起焖烧而成。贵妃鸡的特点是菜色鲜艳，绿、黑、白与乳黄相配，令人赏心悦目，吃起来既嫩又鲜，香味扑鼻，是少有的佳肴。

贵妃鸡，从它的名字就可以看得出来，一定与哪一位贵妃有渊源。事实也的确如此，这位贵妃不是别人，正是那位“回眸一笑百媚生，六宫粉黛无颜色”的杨玉环。

1200多年前，正是唐明皇李隆基在位期间。李隆基做皇帝之初，任用姚崇、宋景治理国家，使唐朝社会经济发展到最高峰，史称“开元盛世”。但到了晚年，唐明皇日渐昏庸，唐朝的发展也从巅峰逐步下滑，而宠爱杨贵妃就是他晚年昏庸的重要表现。

杨玉环本来就是李隆基看中之后，才想方设法娶过来的，并将她封为贵妃。有了杨贵妃之后，唐明皇荒废国事，整日与她寻欢作乐，把国家大事交给了李林甫、杨国忠等一帮奸臣。

有一天，唐明皇又与杨贵妃饮酒对歌，弄得神魂颠倒。他喝醉之后，连呼：“好酒呀，好酒！吃得痛快！”杨贵妃也痴迷神糊地叫道：“我要飞上天！”唐明皇因酒醉听错了，以为贵妃要吃“飞上天”，马上让太监命令御膳房做出来。听了皇帝的圣谕，厨师们面面相觑：他们从来没说过有“飞上天”这道菜。但皇帝金口玉言，他能说出来，你就得做出来。众御厨们开动脑筋冥思苦想。有个厨师说，老鹰飞得高，大概就是“飞上天”吧！大家一听，赶紧做了两只红烧老鹰。可一尝才发现，鹰肉是酸的！于是厨子们重新开动脑筋。在厨师中有一位苏州的名厨，叫苏空头，他想到鸡的肌胛肉最鲜嫩，把它拿来做“飞上天”肯定好吃。他把自己的想法对大家一说，众人听后，也认为只好如此了。于是，厨子们手忙脚乱地找来几只童子鸡，砍下它们的翅膀，与香菇、淡菜、笋片、青椒一起焖烧，“飞上天”就算做成了。大家一看此菜，色鲜味香，才定下心来。

太监将“飞上天”端到贵妃面前，酒已醒的贵妃顿时眼亮起来。唐明皇也尝了尝，连声赞叹，忙问太监是什么菜。太监赶忙说，这就是陛下刚才点的“飞上天”呀。唐明皇此时才想起酒醉时下过的圣旨，不免尴尬。这时，正津津有味地在品尝“飞上天”的杨贵妃说：“此菜色艳、肉嫩、味香，都与我杨贵妃相似，干脆就叫它‘贵妃鸡’吧！”唐明皇一听，连声称好。

后来，苏空头告老还乡，就把“贵妃鸡”的烧制方法带回苏州，这道菜也就在苏州地区世代流传了。

东坡肉

北宋著名文学家、书画家、词人、诗人、美食家苏东坡在杭州做刺史的时候，治理了西湖，替老百姓做了一件好事。

西湖治理后，四周的田地就不怕涝也不愁旱了，这一年又风调雨顺，杭州四乡的庄稼得了个大丰收。老百姓为了感谢苏东坡治理西湖的功绩，到过年时候，大家就抬猪担酒来给他拜年。苏东坡收下很多猪肉，叫人把它切成方块，烧得红红的，然后再按治理西湖的民工花名册，每家一块，将肉分送给他们过年。

太平的年头，家家户户过得好快活，这时候又见苏东坡差人送肉来，大家更高兴了，老的笑，小的跳，人人都夸苏东坡是个贤明的父母官，把他送来的猪肉叫做“东坡肉”。

当时，杭州有家大菜馆，菜馆老板见大家都夸说“东坡肉”，就和厨师商量，把猪肉切成方块，烧得红酥酥的，放上许多作料一起烹调后，一试吃，果然好吃。于是菜馆挂出牌子，也将此菜取名为“东坡肉”。

这道新菜一出，菜馆的生意好极了，从早到晚顾客不断，每天杀十头大猪还不够卖呢。别的菜馆老板看得眼红，也学着做起来。一时间，不论大小菜馆，家家都有“东坡肉”了。后来，经过大家的认可，就把“东坡肉”定为杭州的第一道菜。

苏东坡为人正直，不畏权势，朝廷中的那帮奸臣本来就很恨他。他们见苏东坡得到老百姓的爱戴，心里更不舒服。于是他们想到了一条陷害苏东坡的毒计。这日一个御史乔装打扮来到杭州，一到，他就去一家菜馆吃午饭。堂馆递上菜单，请他点菜。他接到菜单一看，头一样就是“东坡肉”！他皱起眉头，想了一想，不高兴地拍着桌子大叫：“我就要这头一道菜！”

他吃过“东坡肉”后，觉得味道还真是不错，向堂倌一打听，知道“东坡肉”是同行公认的第一道名菜。于是，他就把杭州所有的菜馆的菜单都收集起来，兴冲冲地回京去了。

御史一回到京城，马上就去见皇帝。他说：“皇上呀，苏东坡在杭州做刺史，贪赃枉法，把恶事都做绝啦！老百姓恨不得要吃他的肉。”皇帝说：“你是怎么知道的？可有什么证据吗？”御史就把那一大沓油腻的菜单呈了上去。皇帝本来就昏庸无能，他一看菜单，就不分青红皂白，立刻传下圣旨，将苏东坡调职，并发配到边远的海南去充军。

苏东坡被调职充军后，杭州的老百姓忘不了他的恩情，仍然像过去一样赞扬他。就这样，“东坡肉”也一代一代地传下来，直到今天，还是杭州的一道名菜。

麻婆豆腐

麻婆豆腐，本来不算是一道高贵的名菜，可是在巴黎、伦敦，在非洲、澳洲，今天仍然随处可见它的芳踪。如果其发明人陈氏姑嫂地下有知的话，也会感到万分荣耀与骄傲了。

成都北门顺河街，是一片木材集中地。遍街之上，几乎家家都是木行，即使有两三家做的不是木材生意，但也依赖木材过活。唯一例外的，就是由木行改业的麻婆豆腐饭店了。

麻婆娘家本来姓温，是北门火神庙万丰酱园大掌柜的七姑娘，小名巧巧。她上有三个哥哥，三个姐姐，可惜个个资质平庸。唯有巧巧长大了以后，出落得面如芙蓉眉如柳，有着一双水汪汪的眼睛和玲珑有致的身材。可是老天偏弄促狭，在她粉脸上洒下一些白麻子。但她麻得娇，麻得俏。

十七岁那年，巧巧嫁给了顺记木材行四掌柜陈志灏。新婚以后，小两口恩爱异常。正因如此，招来了大嫂二嫂的嫉妒，她们常常有意无意地散播一些流言飞语。时间长了，原来对她颇为疼爱的婆婆，也慢慢地转为冷落甚至常常责骂她了。

陈家的三哥三嫂，以前也是受不住婆婆嫂嫂的冷言讽语而远走高飞，在那数百里外的重庆，另外开了一家药房。大概是受了三哥三嫂的影响，巧巧夫妻暗暗商量妥当，分得了少数现金和三间街房，也离开了陈家老窝。

三间街房自家住了一间，另两间仍然续租给原本的一家羊肉店和一家豆腐坊。四掌柜就到二十里外的马家碾替一家榨房当管事，每天早出晚归。白天巧巧用针线打发寂寞，终日紧闭门户，过着甜甜蜜蜜的岁月。唯一遗憾的是她没有替四掌柜生下一男半女。

第二年的春天，巧巧的小姑淑华，因为和二嫂吵嘴，赌气离开了公公婆婆，投靠了巧巧。从此姑嫂相依，日子有了欢声笑语。马家碾一带尽是油坊，成都附近的三角地带的人，多半从事油菜的种植与榨油，称为菜子，这些菜子，又多半集中在马家碾榨油。四掌柜生性和善，待人亲切诚恳，一两年后，他已由秤油、发油的管事，升为采购、推销及收款员了。只要是他经手的事件，对那些穷苦挑夫异常体恤、仁慈，绝不使苦力白赔血汗。

巧巧家住的地方是马家碾进城必经之路，那些挑夫大都把这儿当成中继站，他们为了感念四掌柜的待人厚道，经常送点自家的小东西回报。虽然夫妻二人再三推辞，但是穷苦的人，礼轻仁义重。于是收了之后，巧巧总是左边店里买点羊肉，右边店里买点豆腐烧上一盘，再配两样小菜回赠。

这样的幸福生活，刚刚度过了十年，不幸的命运就降临到了巧巧的身上。光绪二十七年七月十五日，四掌柜在金堂马家翻了船，不幸丧生，从此巧巧失去了心爱的丈夫，人生的美梦也幻灭了。

淑华看她孤苦伶仃，加上十年相依的情感，虽然自己都十九岁了，可怎么舍得离弃处于困境又极为疼爱自己的四嫂而出嫁呢？当然出了这种状况之后，陈家、温家都曾派人要接她俩回去，但都被她们严词拒绝，她俩知道那碗闲饭并不容易享受。

刚开始，娘家、婆家虽然也有些微薄的接济，但是杯水车薪，姑嫂俩为了生活，不得不面对现实，打开门户，为生计而打拼。她俩都做得一手好针线，能剪会裁，可附近人家，都非豪门巨富，除了过年，平时很少添置衣物，想专靠这门手艺吃饭是根本不可能的事情！

幸好这个中继站每天依旧人来人往，那些种植、榨油的菜子，卖苦力的油担子挑夫，不管是过去熟识或才见面，全都感念以往四掌柜的善待，看她们打开店铺，每天仍来歇脚。有些带点米，有些带点菜，空手的就到隔壁两家店里去买点羊肉、豆腐，洗洗弄弄，等巧巧来上锅一烧，就可饱餐一顿。大家故意省下一口，就足够姑嫂早晚两餐甚至还有余。

这些诚挚的情谊，不但鼓舞了巧巧枯萎的心灵，而且使她练就出一手专烧豆腐的绝技。在众口宣扬声中，巧巧所做的臊子（羊肉）豆腐的美名竟然传遍了川西一府十余县。凡是过去认得四掌柜的，总是想方设法，提点礼物上门看望，目的仅在一尝巧巧的烧豆腐。四掌柜的老东家，认为巧巧姑嫂既然都表明守贞不嫁，又不愿返回娘婆二家，再三劝巧巧继子成祧（继承为后嗣），以娱晚景，并好意借予资金帮助巧巧开店当炉，一展烹调专长。

那时正是光绪卅年，社会风气保守，妇女抛头露面，谁都不能避免旁人的指摘。温、陈两家的亲友认为姑嫂二人开店做生意简直是奇耻大辱，陆续登门，一力劝阻，但姑嫂二人意志坚定，店日日照样开，豆腐仍天天烧。后来干脆向两家声明，只要拿出五千两银子生息，她就关店歇业。提到要钱，兄弟妯娌就只好闭口裹脚。

从此姑嫂打起精神，一心一意照顾生意，嫂嫂剁肉烧菜，小姑擦桌洗碗。她俩行得正，坐得端，长期事实表现，人们内心才慢慢由轻视而转变为敬重了。宣统二年，巧巧的三哥把十二岁的次子带回成都，正式过继给巧巧，可惜因为不是自己亲生的加上巧巧又忙于生意疏于关爱，结果儿子在十六岁那年就偷偷跑去部队当了一名副官。

就这样，年复一年的，店面扩大了，生意兴隆了，但她俩的青春也在"一双小小的金莲"急速的挪移中慢慢地流逝了。为了避免闲言，店中"一无应门五尺之童"。豆腐、羊肉，要客人自行购买，客人所付火费、饭钱，姑嫂多寡不争。由于她俩操劳过度，民国二十三年，小姑淑华首先病倒，万不得已找了一位远房族孙前来帮忙。结果一年之后，巧巧也随小姑而去了。

巧巧生前，有人叫她巧姑娘、四少奶，又有些人叫她陈四嫂、掌柜娘。麻婆是她死后挣出来的招牌：麻，是别人对她美丽娇俏的怀念；婆，是别人对她年高德劭的尊称。而麻婆豆腐竟成为四川出色的名菜，谁又能清楚地知道这盘豆腐的背后，有着多少辛酸与痛苦、流着多少眼泪与汗水呢？

西湖醋鱼

西湖醋鱼是杭州西湖一带最负盛名的菜肴之一，它始制于南宋高宗时期。据古籍记载，西湖醋鱼一菜来源于"叔嫂传珍"的故事。

相传在南宋时，有宋氏兄弟两人，颇有学问，但都不愿为官，因而隐居江湖，靠打鱼为生。当地有一个恶霸，名为赵大官人，他见宋嫂年轻貌美，便施阴谋害死了宋兄，想要霸占宋嫂。当宋兄死后，宋家叔嫂面对从天而降的灾祸，悲痛欲绝。为了替兄报仇，叔嫂一起到衙门喊冤告状，哪知官府与恶势力一个鼻孔出气，告状没有成功，反而遭受了一顿毒打，被赶出了衙门。回家后，嫂嫂只能让小叔远逃他乡。叔嫂分手时，宋嫂特意用糖、醋、鲩鱼烧制了一道菜，并对小叔说："这菜有酸有甜，望你有出头之日，勿忘今日辛酸。”

后来，宋弟外出，抗金卫国，立下赫赫战功。回到杭州后，他惩办了那一帮恶棍，但一直查找不到嫂嫂的下落。一次外出赴宴，席间突然吃到了当年嫂嫂烧制的那道菜，经询问才知嫂嫂隐姓埋名在这里当厨工，叔嫂二人才终于团聚。于是，“叔嫂传珍”这道美味，也同这个故事一起在民间流传开来。

清人方恒泰的《西湖》一诗“小泊湖边五柳居，当筵举网得鲜鱼。味酸最爱银刀桧，河鲤河鲂总不如”，道出了西湖醋鱼的烹制与美味。西湖醋鱼流传至清代末年，以西湖楼外楼菜馆所烹制的最负盛名，时至今日仍然如此。

珍珠翡翠汤

朱元璋起兵反元失败后，逃进了深山密林中，连续几天没有吃上一顿饱饭、没喝上一口水。

一天夜里，他发现了一处光亮，悄悄爬过去才发现这深山密林里有一户人家。

他往屋里一看，里面只住着一对老夫妻，便壮着胆子走了进去，想讨点儿吃的。

老妇人看朱元璋很可怜，就给他做了一碗汤。

朱元璋狼吞虎咽填饱了肚子，谢过老夫妻，便起身告辞。走到门口，他问老妇人：“这叫什么汤？”老妇人心想，穷苦人家的汤有什么名字，便用开玩笑的口气回答说：“珍珠翡翠汤。”

后来，朱元璋打败元军，当了皇帝。

从此以后，他每天吃的都是山珍海味，可是，却没有食欲。

有一天，朱元璋上街闲逛，看见人们吃饭喝汤都很香甜，想起了当年在深山里喝的“珍珠翡翠汤”。回宫后，他便叫厨子做这道汤。汤做好后，他尝了一口，说口味不对。换一个厨子做，口味还是不对。后来，他让下人向全国发出告示：谁能做“珍珠翡翠汤”，必有重赏。

老夫妻看见告示，知道当年讨饭吃的人当上了皇帝。老妇人便辞别丈夫，进了京城。

这些日子以来，朱元璋每天都因为喝不到正宗口味的“珍珠翡翠汤”，大发脾气。这一天，他正在训斥太监，有人报告说：“圣上，有一位老妇人前来做珍珠翡翠汤。”朱元璋立刻转怒为喜，连连说：“快请进来！快点儿做汤！”

老妇人烧开了水，放了些调料，

又放了几滴猪油和几片青菜叶，让太监端了上去。

朱元璋喝了一口汤，便吐了出来，大发雷霆："大胆刁妇，竟敢戏弄朕。来人，把她带来见我！"

老妇人被押进养心殿。不等朱元璋开口，她便说："圣上在深山密林中吃的珍珠翡翠汤，就是小民做的。今天做的汤，与那次一模一样，没有欺骗皇上。"

朱元璋忙扶起老妇人说："恩人请起。"并感叹道："同是一个人所做，又是一样的汤，为什么味道不一样呢？"

老妇人说："当年饥不择食，淡饭成佳肴。今日……"

朱元璋又感叹道："听了婆婆一席话，胜读十年书啊！"

涮羊肉

涮羊肉这道菜，几乎人尽皆知。因为吃法简便，味道又鲜美，所以深受大家的欢迎。

相传，涮羊肉起源于元代。当年，元世祖忽必烈统帅大军南征，因为战线拉得太长，所以部队的补给经常供应不上。有一天，大队人马走得人困马乏，饥肠辘辘，忽必烈的肚子也饿得咕咕叫。

可是在野外行军，哪里有多少东西可吃？正在为难时，他猛然想起家乡有一道菜肴，叫清炖羊肉，于是吩咐部下杀了几只羊，烧起火来准备炖羊肉。伙夫正在宰割羊肉时，探子突然飞奔进帐篷向忽必烈报告说敌军已经逼近。饥饿难忍的忽必烈一心等着吃羊肉，但由于军情紧急，只得一面下令部队开拔，一面在嘴里高喊："羊肉！羊肉！"

伙夫知道统帅已经饿得不行了，而且性情暴躁，说不定等会儿会有许多人因为他吃不上羊肉而遭殃。他急中生智，飞快切下十多片薄羊肉，放在沸水里搅拌了几下，等到肉色一变，马上捞入碗中，撒上一点盐，端给忽必烈吃。此时，忽必烈已经顾不上生熟和味道，端起来就吃。他觉得味道非常鲜美，一连吃了几大碗，才抹抹嘴，翻身上马，率军迎敌。因为心情愉快，忽必烈勇气倍增，很快就打赢了这场战争。

取胜后，忽必烈异常高兴，下令举办庆功酒宴。伙夫正在准备菜肴，忽必烈突然想起了那道菜，又吩咐伙夫做了一些。厨师们精选了上等的绵羊嫩肉，切成薄片，放到滚水里烫熟后，再配上各种作料端上来，将士们吃得赞不绝口。

这时，伙夫上前说："这道菜还

没有名字，请大帅赐名。”忽必烈笑了笑，说：“我看就叫涮羊肉吧！”从此，涮羊肉就成了宫廷的佳肴。据说，直到光绪年间，北京一家叫“东来顺”羊肉馆的老掌柜，买通了太监，从宫中偷出了涮羊肉的作料配方，才让这道美食传到了民间。

臭豆腐的由来

臭豆腐闻起来很臭，吃起来却很香，很多人都喜欢吃。可是，它到底是怎样来的呢？

相传在清朝康熙年间，安徽有一位叫王致和的考生，进京赶考时落了榜，心情十分沮丧，就闲居在会馆中。他想返回老家，但由于交通不便，加上盘缠已经用完，无法回去，于是决定留在京城继续读书，准备来年再考。但是，离下届科考还有将近一年的时间，眼下连生活都成了问题，哪里有心情读书呢？无奈之下，想了半天，决定暂时留下来谋点生计，先把自己养活了再说。

王致和的老家本来也不富有。他父亲在家乡开了一间豆腐坊。小时候，王致和经常跟着父亲干活，知道如何做豆腐。想到这里，他便在安徽会馆附近租赁了几间门面，购置了一些简单的用具，每天磨上几升豆子，做成豆腐沿街叫卖。

不过，当时正好是夏天，天气炎热，有时卖剩下的豆腐没等到第二天就发霉、发臭了，无法食用，丢了又觉得可惜。王致和苦思冥想，终于想出了一个办法：将这些剩豆腐切成小块，在太阳下晾晒一下，撒上盐，放进一口小缸腌起来。

卖豆腐赚了一些钱，王致和便歇了业，一心读书，渐渐地把腌豆腐的这件事忘了。

到了秋天，所挣的钱用得差不多了，王致和又想重操旧业，再做豆腐来卖。刚走进磨房，他突然想起那缸腌制的豆腐，赶忙打开缸盖查看。谁知一揭盖子，一股臭气扑鼻而来，让人发呕。他懊恼不已，取出一看，豆腐已经变成了青灰色。王致和不死心，拈了一块，放进嘴里一尝，顿时觉得味道不同寻常。在浓烈的臭味之下，居然蕴藏着一股浓郁的香气，虽然比不上美味佳肴，却别有一番风味。王致和送给邻居们品尝，大家都赞不绝口。

后来，王致和接连考了几次，都没有考上，只得弃学经商，按照过去试做的方法，加工起臭豆腐来。这种新的食物价格低廉，可以下饭，适合收入低的人食用，渐渐在下层社会打开了销路，生意日渐兴隆。

后来，王致和觉得这种食品可以长期做，于是筹了一笔经费，在延寿街购置了一所铺面，自产自销，批发零售。他又经过多次改进，逐渐摸索出一套生产臭豆腐的工艺，生产规模不断扩大，名气越来越大。

清朝末年，臭豆腐传入宫廷，就连口味刁钻的慈禧太后也很喜欢吃，还将其列为御膳小菜。后来她嫌臭豆腐这个名字不雅，便按照颜色青灰、形状方正的特点，取名为“青方”。

佛跳墙

据说在唐朝时期，有一位不知来历的高僧，到福建地区传经布法，住在一所寺庙里。在寺院的旁边，有一家菜馆，时常飘出一种异样的香味。这位高僧非常喜欢美食，走南闯北不知道吃了多少美味佳肴，但唯独没有闻过这一道菜肴的香味，不免有些蠢蠢欲动，把正事都忘记了。终于有一天，和尚按捺不住香味的诱惑，从墙上跳过去，一饱口福，以至于破了佛门的戒规。后来，传说的人多了，有人便给这道菜取了一个有趣的名字，叫“佛跳墙”。

还有一个说法，佛跳墙这道名菜是一位叫郑春发的厨师发明的。郑春发是清朝人，曾经在布政司周莲府中当厨师。有一天，当地最大的钱庄老板请周莲赴宴，钱庄老板娘有一手绝妙的烹调技艺。这一次，丈夫特地嘱咐她显显身手，趁机巴结一下布政司周莲。老板娘使出浑身解数，最后还拿出了看家本领，效法古人，用酒坛子煨了一锅菜。此菜上席后，一打开坛盖，立刻香气四溢，令人垂涎欲滴。众人狼吞虎咽，风卷残云，吃了个底朝天，仍然不想放下筷子。

回府之后，周莲叫来郑春发，向他绘声绘色地描述了这道菜的形态和滋味。郑春发很有心机，暗中记下了这番话，后来根据周莲所讲的用料、烹制方法和菜肴的色香味形诸般特点，反复试制，不断调整，终于烧出了这道菜。端上桌子后，周莲不吃则已，一吃便拍桌叫绝，连声夸奖郑春发心灵手巧，没有辜负自己的栽培。不过，郑春发并不满足于依样画葫芦般的制作，以后他又不断琢磨，在选择主料上不拘一格，还增添了一些山珍海味作为辅料，经过多道复杂的工序，最后用绍兴酒细细煨制，效果大大超过了钱庄老板娘所做的菜。

世道沧桑，人生难料，后来周莲丢了官，家道也衰落了。郑春发离开布政司衙门，为了讨生活，便开设了一家菜馆，取名叫聚春园，并将多年研制的这道菜肴拿出来，作为招牌菜经营，不久便声名远播。他想给这道菜取个名字，但一直都没有想到合适的。

有一天，几位秀才慕名而来，点名要品尝那道被传得神乎其神的名菜。当店小二捧出一个陈酒坛子，请客人启盖享用时，几个秀才不但不理睬，反而对着那个旧坛子嘲笑一翻。殷勤的店小二上去打开坛盖，那足足焖了半天的香气，顿时扑鼻而来。轻狂的秀才们立刻收敛起嬉皮笑脸的样子，端正架势，伸着脑袋，不停地吸着鼻子，口水流了一地，嘴里连连称奇。

其中有一位秀才，夸张地说："要是佛祖闻到这道菜的香味，一定也会跳墙过来，破戒偷尝一番。"随后问菜名，店小二答是"坛子煨菜"，秀才连连摆手摇头，说这个名称太俗气，一点儿也不雅，配不上这道名菜，于是即兴吟道："坛启菜香飘四邻，佛闻弃禅跳墙来。"

众人齐声喝彩，从此将此菜命名为"佛跳墙"，并流传了下来。

羊肉泡馍

羊肉泡馍是西北地区一道传统的小吃，非常有名，尤其是西安的羊肉泡馍，更是声名在外。

相传，宋太祖赵匡胤年少时不得志，生活贫困，在长安街头流浪，连温饱问题都解决不了。有一天，他身上只剩下两块干馍，因为放的时间太长，已经变得又干又硬，无法下咽。忽然，他看见路边有一个羊肉铺，里面正在煮羊肉，便去恳求老板给他一碗羊肉汤，以便用汤把馍泡软了再吃。店主心肠很好，见他一副可怜的样子，就拿了一个碗，让他把馍掰碎，丢在碗里，然后浇了一勺滚烫的羊肉汤在里面。泡了一会儿，赵匡胤觉得好了，就端过泡好的馍，大口大口地吃起来。他吃得全身发热，头上冒汗，既不冷了也不饿了。吃完后，赵匡胤抹抹嘴，意犹未尽，觉得从来没有吃过这么好吃的泡馍。

没想到风云突变，十年后的赵匡胤摇身一变，当上了北宋的开国皇帝，历史上称宋太祖。既然当了皇帝，自然品尝过无数的美味佳肴，把以前吃过的泡馍忘记了。有一次，他来到长安巡查，恰好路过当年那家羊肉铺，望着香气四溢的羊肉汤锅，不禁想起了自己十年前吃羊肉汤泡馍的情景，便下令停轿，命店主再做一碗羊肉汤泡馍。

店主一看当今天子居然到自己的小摊子上吃东西，一下子慌了手脚。他的店内本来就不卖馍，而且根本想不到当年那个落魄的穷汉子，居然就是眼前这个前呼后拥、威风八面的皇帝！皇帝既然发了话，他不敢不照做，可是用什么来泡呢？

抓了一阵脑袋，他灵机一动，赶紧叫妻子烙了几个饼。待饼烙好后，店主拿来一看，饼硬邦邦的，又没有熟透，害怕皇帝吃了生病，只好把饼掰成小块，浇上羊肉汤，又煮了一会儿，再放上几大片羊肉，精心配好调料后才端给皇帝。

赵匡胤一口气就吃光了，觉得和以前吃过的味道一模一样，对店主大加赞赏，又命随从赏了一百两纹银。经过皇帝的御嘴品尝之后，这件事不胫而走，很快就在长安城里传遍了。于是，来这里吃羊肉汤泡馍的客人越来越多，逐渐成了长安独特的风味食品。

皮蛋的故事

皮蛋也叫松花蛋、彩蛋。关于皮蛋的起源还有一个有趣的小故事。

相传在几百年前，太湖边上住有许多人，大多数都以养鸭子为生，因此这里的鸭蛋很出名。湖边上有一家姓李的夫妻，开了一间小茶馆，兼营一些小菜、卤蛋之类的食物，赚点钱糊口。夫妻俩膝下无儿，只有一个女儿，名叫秀娟。有一天，风和日丽，天气格外晴朗，到处都是宜人的景色，因此游湖的人陡然增多，小茶馆里也是宾客盈门，一家人忙得不亦乐乎。

手忙脚乱中，秀娟一不留神，就让两个鸭蛋滚进了灶下的灰堆里。因为实在太忙，加上灰堆里余火未熄，秀娟便没有管这两个鸭蛋。

一个月后，一位邻居前来借灰种菜，偶然发现了灰堆里面埋的鸭蛋，这两个鸭蛋拿在手上沉甸甸的，不像是刚下的。他连忙捡起来，交还给主人家，李老汉觉得蛋已经坏了，想丢掉，但随即转念一想，不如敲开看一看，于是敲破了蛋壳一瞧，蛋白不仅没有流出来，反而凝结在一起，露出一种透明的光彩，非常好看。他掰下一块尝了尝，又香又绵，有种说不出的味道。

于是，李老汉给在场的每个人尝了一块，大家都觉得味道不错，无不啧啧称赞。既然蛋好吃，总该取个好名吧。秀娟高兴地说："你们看蛋上这么多花纹，就图个吉利，叫彩蛋吧！"从此，李家茶馆便做起了彩蛋生意，远近的人都慕名而来。

后来，制作彩蛋的工艺传到北京，通县张辛庄一位姓陈的商人对彩蛋的制作过程进行了一番改进。他改生包为浸泡，这样做成的皮蛋色彩鲜艳，蛋黄的中心部分像饴糖一样，因此又被叫做京彩蛋或溏心皮蛋。

随着时间的推移，皮蛋的制作工艺越来越高，懂得这项技术的人也越来越多。时至今日，皮蛋都是很多人喜爱的食品之一。

煎饼卷大葱

煎饼卷大葱是北方人喜欢的食物之一，闻名全国。据说起源于沂蒙山地区，那里至今还流传着一个动人的故事。

在沂蒙山脚下，有一条沂河，在河岸边，住着一位黄妹子。黄妹子很小的时候母亲就过世了，父亲再娶后不久也死了，她只得跟着继母生活。黄妹子聪明俊俏，有一双巧手，针线活做得好，方圆百里无人不知，无人不晓。有钱有势的人家都想娶她做媳妇。但是，她却爱上了一个叫梁马的穷小伙子，两人情投意合，十分恩爱，还私下订了终身大事。

可是，黄妹子的继母心肠很坏，为人狡猾，又刁钻刻薄，处处为难这个死了亲娘的孩子。等黄妹子长大后，她悄悄背着黄妹子，收了一户财主的丰厚聘礼，将黄妹子许配给财主做小老婆。黄妹子知道后，自然不答应，又哭又闹。继母拿她没有办法，便暗中设下了一条毒计，想逼梁马放弃这门婚事，离开自己的心上人。

这一天，继母装出一副和善的样子，派人把梁马请来，笑嘻嘻地说："小伙子，眼下你家的景况不富裕，既然你一心想读书，不如就到我家来读吧。等你考取功名之后，我就让你和黄妹子成亲。"

梁马见继母突然变得这么客气，还以为她突然转了性，赶忙施礼道谢。继母又说："我已经给你收拾好了一间书房，备下了文房四宝。你去看看还需要什么，我好让下人送来。"梁马感激地说："这样就够了，只要有书和笔墨纸砚，别的什么都不需要。"

继母等的就是他这句话，马上对下人们大声说："你们都听到了吧？这孩子只要书和笔墨纸砚，别的什么都不要，你们别拿其他东西过去，免得打搅了他读书。"说完还装模作样地说："真是有志不在年高啊！"

梁马高兴地搬进了书房。一看，果然文房四宝样样齐全，便放心了，专心读起书来，从早晨一口气读到中午，该吃午饭了，可是没人送饭来。他没有在意，仍然不急不躁地继续读书。等到黄昏时分，还是没有人送饭来。梁马走出书房一看，只见几个下人，把守着小院门口，不准他外出，只好回去再等。等到月亮偏西，仍然没人送饭来。梁马这才恍然大悟，知道自己上当了。

原来，狠毒的继母抓住梁马“只要书和笔墨纸砚”这句话做起了文章。心想：我不让人给你送饭，先饿上你三天三夜，即使饿不死，你也要逃跑。只要你一跑，我就诬赖你偷了我家的东西。到时候，即使你梁马有一千张嘴也说不清，这门亲事自然就退了！

这个圈套太狠毒了！善良的梁马不知道该怎么办。

后来，一好心的下人把这件事告诉黄妹子。黄妹子一听，急坏了！她一面暗暗怨恨继母的歹毒，一面苦思对策。突然，她心头豁然一亮，有了主意。于是瞒着继母，悄悄来到厨房，烙了很薄很薄的一摞白面饼，切得方方正正的，让贴身丫头给梁马送去，并在她耳朵边小声嘱咐了几句。

丫头刚到书房门口，就被守门的下人拦住了：“夫人有命，只许送读书的东西，其他的一概不准送！”丫头打开包袱，往前一送，说：“你看好了，我送的是纸。”下人一看，果然是一张一张的白纸，就放丫头进去了。

这时，梁马已经一天多粒米未进，早已饿得头昏眼花。听说黄妹子叫人送来一个包袱，心想一定是吃的，赶紧打开一看，原来是一摞白纸，别的什么也没有，失望地叹了一口气。这时，聪明的小丫头，朝他使了个眼色，示意他再仔细瞧瞧。梁马再次打量那摞面饼，忽然闻到“白纸”散发出一股香味儿，拿起来咬了一口，哎呀，原来是面饼！这一下，梁马高兴极了，狼吞虎咽地吃起来，暗暗佩服黄妹子的心灵手巧。从此，梁马天天吃黄妹子送来的“白纸”，安心读书写文章。

三天过去了，继母心想梁马一定已经饿得皮包骨了，说不定早就被饿跑了，就去问下人：“梁马怎么样了？”下人也迷惑地说：“还在读书。”继母恶狠狠地说：“这个穷小子，骨头倒挺硬，再饿他三天看看。我就不信他是神仙下凡，居然不怕挨饿！”

黄妹子知道后，更加气愤！心想：“真是个坏心的继母！你尽管使坏吧，我这里有办法对付你。”转念又一想，时间长了，梁马只吃饭不吃菜，怎么行呢？她灵机一动，又想出一个办法：把大葱剥干净，剪了叶子，只留下一段大葱，把大葱的须根梳理一番，做成毛笔的样子，捆成一扎，和面饼包在一起，叫丫头送去。一到小院门口，又被下人截住。丫头把包袱打开说：“睁大你的狗眼看看，这不是纸和笔吗？”下人一看，果然是纸和笔，又把丫头放进去了。

梁马有了“纸”和“笔”，再也不愁生活了，他把大葱往面饼里一卷，吃起来又香又可口。

又过了三天，继母兴冲冲地跑来问下人：“梁马这下该不行了吧？”下人说：“没有啊，梁马照样在读书，一点儿事也没有。”继母大吃一惊，难道他喝风就能饱不成？下人又说道：“我看这件事也蹊跷。饿了的时候，他就吃纸和笔，然后继续读书。”继母哪里肯信，把手一挥，说：“走，带我去看看！”她鬼鬼祟祟地进了院子，轻轻戳破书房的窗户纸，往里一看，顿时吓得目瞪口呆：梁马正大口大口地吃着纸和笔呢！

继母出了小院，命下人把梁马唤到正房，假惺惺地问他：“这里的生活还过得惯吧？”

梁马也给她装糊涂，说：“过得惯，多谢您的照顾。”

继母脸一红，又问道：“下人说你天天吃纸和笔，是什么原因呢？”

梁马说：“实不相瞒，小婿九岁的时候，跟父亲上山打柴，迷了路，遇上一位神仙，他指点了我一些点石成金的法术。我用手一点纸和笔，它们就变成食物，可以充饥了。”继母一听梁马有仙术，既吃惊又羡慕。

梁马又说：“当年仙师嘱咐我，在没有考取功名之前，只能点三次；中榜之后，才能随心所欲。”贪心的继母一听，急了：“贤婿呀，中榜后，你可别忘了岳母啊！”

梁马一语双关地说：“这个自然，我一定会好好报答您的恩情的！”继母高兴万分，立即退掉了财主家的彩礼，从此对梁马非常好。

两年后，梁马中了状元，把黄妹子接到京城，完了婚，夫妻恩爱，生活美满。回想起当初的经历，他就特别爱惜粮食，很少吃鸡鸭鱼肉和山珍海味，经常让妻子做当年的煎饼卷大葱。至于那位坏心肠的继母，后来知道了事情的真相后，觉得十分惭愧，不好意思跟着黄妹子生活，也没有再做坏事了。

后来，煎饼卷大葱的吃法就在民间流传开了。

年糕的由来

春秋时期，楚国人伍子胥遭到奸臣的迫害，逃到吴国。当时的吴王阖闾正志得意满，想一统天下，便命伍子胥筑一座周长四十七里二百一十步又二尺的城池，称为阖闾大城，以显示他的功德。吴王认为，有了坚固的城池，吴国从此便可以高枕无忧了。伍子胥动用了成千上万的民工，花了三年的时间才完工。

吴王站在城头，展望着阖闾大城的全景，不禁心花怒放。他拍着伍子胥的肩膀，高兴地说："爱卿，你为吴国立了大功，寡人要为你设宴庆功!"说完，便命文武百官到内宫赴宴。

宴会上，吴王饮酒作乐，非常开心，酒喝得多了，就有些得意忘形了。伍子胥见到这种情景，非常担忧。他认为，身为一国之君，如此饮酒作乐，不居安思危，将来必有祸事。但是，今天大王这么高兴，又不能上前劝说，扫了他的兴。于是，伍子胥郑重地对一名亲信说："天有不测风云。万一哪天我死了，吴国一定会遇上困难，黎民百姓就会遭灾。如果到时候老百姓没有吃的，你就带着他们到相门城下，掘地三尺，在那里可以找到食物。"

后来，伍子胥果然遭到奸臣的诬陷，吴王也不再信任他。无奈之下，他只得自刎身亡以报答吴王当初的收留之恩。主人一死，以前跟着他的随从和家人，也纷纷流落他乡，其中就有那位知道秘密的亲信。

伍子胥刚去世，早就在等机会的越国马上向吴国发动了战争。因为越国蓄谋已久，有备而来，所以吴国一连吃了几个败仗，连都城姑苏也被围困了。时间一长，城内的百姓渐渐断了粮，偏偏又逢年关将至，大街小巷里哭声不绝，十分凄惨。

这时，当年跟随伍子胥的那位亲信，也在姑苏城里，连饿带怕，早已躺在床上奄奄一息了。这一天，这名亲信在昏睡中迷迷糊糊地看见伍子胥站在他面前，埋怨他说："黎民百姓遭了灾荒，你怎么忘了我的话，不带他们到相门去挖掘食物啊?"随从挣扎着站起来，向前扑去，伍子胥却突然不见了。他扑了个空，睁开眼来，才知道是做了一场梦。

这时，他马上想起了伍子胥当年对他说过的话，急忙叫上家里人和邻居，一起前往相门城脚下，掘开地，看看下面究竟藏着什么东西。

当大家掘到三尺深的地方时，发现里面筑城的砖，不是用泥土烧成的，而是用糯米粉做成的。大家围着这些米粉砖，跪了下来，流着泪说："伍将军，你爱民如子，深谋远虑，救了全城百姓的性命。可你自己，却死得那样悲惨，我们忘不了你啊!"

就这样，全城的老百姓都在相门城墙脚下挖出了糯米做的砖头，度过了灾荒，还过了一个平安年。从此以后，每逢过年，这一带家家户户都要用糯米粉做成砖头一样的糕，来纪念伍子胥。因为是过年吃的，所以大家就称之为"年糕"。

杜康酿酒

杜康是黄帝手下的一位大臣，负责管理粮食生产。杜康尽心尽责，加上风调雨顺，粮食连年大丰收。几年下来，粮食越积越多，宫中的粮库已经装不下了。于是，杜康到山上另寻合适的贮粮之地。

他在山中走了六十六天，踏遍了六十六座山峰，终于找到一个又深又宽敞的山洞，那里非常适合贮藏粮食。不过谁也没有想到，这个山洞与一条暗河相通。这条暗河平时水流量不大，水位线很低，很难被人发现，就连仔细检查过山洞的杜康也没发现。于是，大家便放心地将粮食往山洞搬运去。

可是不久之后，突然下起一场几十年不遇的大暴雨。暗河的流量急剧增大，水位线急剧上升，最后竟然漫进了山洞，淹没了所有贮藏的粮食。暴雨接连下了两个星期，等到暴雨停歇下来，宫中的食物也吃光了。黄帝派兵丁前往山洞取粮食，兵丁抬着一箩筐粮食回到宫中，发现粮食已经全部发霉。黄帝一气之下，将杜康捆绑起来，要治他死罪。

嫘祖、风后知道杜康平时工作兢兢业业，而且地下暗河难以发现，便去向黄帝求情。风后对黄帝说："粮食已经霉烂，即使杀掉杜康也不能使它们变好。杜康一向敬业，这一次就免去他的死罪吧。让他去看守粮食，将功赎罪。"黄帝听风后说得有理，就同意了。

从大臣降为粮食看守，虽然杜康知道这是自己应受的惩罚，但是他认为自己再也不能为万民谋福利，心里依然闷闷不乐。嫘祖就鼓励他："只要你心里有大家，无论身在哪里，你都能为民造福。"嫘祖的一席话，让杜康冰凉的心又热乎起来。他暗下决心：一定要看管好粮食。

有一天，他在山上寻找新的贮粮地址，发现有几棵大树枯死了，巨大的树干已经完全空了。杜康心想："树这么高，只要把粮食贮在树干里，就算雨下得再大、水涨得再高也不会被淹了。"为了稳妥，杜康在树干中只存放了一小部分粮食。

两个月后，杜康来到树干边，想看看贮存效果如何。远远地，他就发现贮粮的那棵树下围躺着几只野猪和野兔。他以为这些动物都死了，走近才发现他们还活着，仿佛在睡大觉。杜康正准备砍下藤条将它们绑回去，它们却接连醒来，向林中逃去。杜康起身就追，一只都没追上，他只得转身返回来。远远地，他发现又有两头野猪来到那棵树下，杜康躲在远处悄悄观察。只见野猪用舌头在树干上舔了一会儿，就变得步伐不稳，很快就摇摇晃晃地倒在了地上。杜康非常纳闷，赶紧走过来用藤条将两只野猪绑牢。

杜康走近树干时，闻到了一股奇异的香气。他仔细观察后发现，树干已经裂开一道缝，里面有水不断流出，而这股香气就来自这些水。原来，杜康存放在树洞里的粮食，经过风吹日晒雨淋之后，就渐渐发酵了。发酵而成的这些水，香甜四溢，引得杜康口水直流。他见野兽舔食这种水之后，虽然倒下睡了一觉，但很快就恢复了正常。于是他大着胆子尝了尝。虽然感觉有些辣，回味却特别醇美，他忍不住喝了一大口，接着又喝了几大口。然后，杜康就有了一种天旋地转、飘飘欲仙的美妙感觉。

杜康站立不稳，“扑通”一声倒在地上，沉沉入睡。不知睡了多久，他才渐渐醒来，这时感觉自己浑身有使不完的劲儿。他看见被绑在树下的两只野猪已经醒来，正在挣扎，便走上前，一脚踏一只，一下就将它们踩死了。杜康扛起两只野猪，飞奔下山，把自己的所见所闻告诉了嫘祖。

嫘祖觉得粮食藏在树洞中化成了水，而且还是这么美妙的味道，觉得不可思议，就亲自随同杜康来到树下。嫘祖亲自尝过之后，觉得果真美妙，就建议杜康将此事禀报黄帝。杜康有些担心地说：“上次粮食发了霉，我从大臣贬为了看守。这次，我擅自将粮食存入树干，却又化成了水。我已屡次犯错，黄帝一定不会饶恕我的！”

嫘祖说：“这一次，黄帝不但不会责罚，反而会奖赏你。第一，你将粮食贮放在树干中，是想寻找一个更安全的贮存地点；第二，你贮藏在树干中的粮食并不多；第三，你能造出这么美妙的水，对民众是一大贡献。有了这三点，黄帝怎么还会责罚你呢？”

杜康觉得嫘祖说得很有道理，就从身上取下瓦罐，装了满满一罐水去见黄帝。黄帝听了杜康的禀报，亲自尝了尝，果然回味美妙无穷。他马上与大臣们商议，大家一致认为这种水是粮食精华的释放。对这种水观察了很长一段日子之后，黄帝确信饮用它非常安全，就让仓颉为这种醇香的水起个名字。仓颉当即为这种水创造了一个美名——“酒”。

后来，黄帝恢复了杜康的大臣之职，让他专职负责酿酒。酒就这样流传了下来，并成为中国文化里不可缺少的一部分。

淮南王做豆腐

豆腐营养丰富，含有铁、钙、磷、镁等人体必需的多种微量元素，还有糖类、植物油和丰富的优质蛋白，素有“植物肉”之称。关于它的产生，民间流传着这样一段故事。

据说，汉高祖刘邦之孙刘安被封为淮南王后，便潜心炼制长生不老的灵丹妙药。炼丹数年，始终没有成功，这令他非常烦闷。一天，他决定离开炼丹房，外出散散心。忽然，他看见从对面山上走来几位鹤发童颜的老人，他们个个精神矍铄，健步如飞。刘安非常惊奇，以为自己看见了神仙，便催马向前，向几位老人央求长生不老之药。老人们听了后，一个个哈哈大笑起来：“哈哈，我们的长生不老之药，就是将大豆磨碎，再用火煮制成豆浆。”

刘安谢过老人，赶紧回到家中，让夫人如法炮制。

刘夫人从来没有做过这种活，不知道磨多少豆子才合适，她磨好豆子后，便统统放进锅里煮起来。不一会儿，豆浆烧开了。由于她磨的豆子太多，溢得到处都是。刘夫人一时慌了手脚，四处找器皿盛豆浆。她看到有个咸菜缸子空着，便把豆浆通通倒了进去。

滚烫的豆浆在缸子里冒着热气，刘夫人不敢伸手去舀，她想：反正豆浆这么烫，即使给夫君端去，他也没法喝。还不如先等豆浆凉下来，待会儿再给夫君送去。

过了一会儿，刘夫人估计豆浆已经凉下来了，便端着碗去舀。走近咸菜缸一看，原先的浓豆浆，此刻已经结成了白花花的膏状物。她顿时傻眼了：“这可怎么办呀？这可是夫君讨得的长生不老之药啊！”由于担心夫君会责备，刘夫人急得不知如何是好。无可奈何之下，她干脆舀了一碗来尝。刚尝了一口，她便转忧为喜：“这种东西吃起来如此鲜美，夫君一定不会生气的，顶多让我重新煮一锅豆浆就是了。”

刘安看到夫人给自己端了这么一碗东西来，有些不高兴地问：“你怎么弄的？这就是豆浆吗？你这是‘逗夫’啊！”刘夫人赶紧说道：“豆浆还在煮着，这是我新研制的食品，你先尝尝味道如何。”于是，刘安就尝了一小口，果真味道鲜美，他不但没有责备夫人，反而对夫人大加赞赏，还向夫人请教：“这东西叫什么名字？你是怎么做出来的？”

刘夫人答道：“你怀疑我‘逗夫’，那我们就叫它‘豆腐’吧。它的制作工艺太简单不过了，只需将豆浆倒进咸菜缸子，等它冷却之后就做成了。”

刘安按照夫人的方法，果真轻松地做出了一缸豆腐。时至今日，我国还有一家豆腐坊叫做淮南堂，就是为了纪念豆腐的发明人——淮南王刘安。

石头汤

从前有一对孪生姐妹：姐姐安娜·玛丽娅和妹妹维多利亚。她们是在同一天出生，在一起长大，而且又是在同一天出嫁。但她俩的性格却完全不同，命运也不同：姐姐安娜·玛丽娅嫁了一个很有钱的店主，过着相当富裕的生活；而妹妹维多利亚嫁给了贫穷的烧炭工。烧炭工干活辛苦，赚钱又少，所以维多利亚的生活过得很清贫。但他们那在森林边的小屋里总是充满着愉快的气氛，因为烧炭工一天到晚都有唱不完的好听的歌，而且都是不一样的。维多利亚还有五个非常听话的孩子——两个女儿和三个儿子，个个都面色红润，非常可爱。这五个孩子给这个家也带来了许多快乐。

安娜·玛丽娅虽然生活十分富有，但是她只有一个只会哭闹而且很凶的儿子。无论母亲怎么宠爱他，给他吃最好的、穿最好的，他还是长得很瘦，苍白的脸上总露着一副凶恶的神色。还有她的丈夫，那位有钱的店主，他经常外出做生意，很少回家，家里总是冷冷清清的。所以有钱的安娜·玛丽娅非常羡慕穷妹妹维多利亚。

有一年的夏天，就在这姐妹俩居住的地区出现了可怕的黑热病，还带着它的朋友——死神，它们时而望望这家，时而看看那家。最终这对可怕的客人没有放过烧炭工的家，同时也光顾了店老板的屋子。这样，安娜·玛丽娅和维多利亚就像当年同一天出嫁那样，现在又在同一天守了寡。

从此，维多利亚的生活就更困难了，她带着五个孩子，而烧炭又不是女人干的活，也找不到别的活干。于是她只得去找姐姐安娜·玛丽娅帮忙。

“姐姐，请您帮帮我。”维多利亚请求说，“给点面包让我的孩子们吃吧。”

“啊，你说的倒简单，你没瞧见吗，魔鬼也降到了我的头上了！”玛丽娅叫了起来，“你想要面包那可以，不过你得帮我干活，这儿活多得很，等你帮我整理好房子，把牲畜栏清除干净，喂饱牲口，浇好菜地，再来请求我。”

维多利亚为了养活自己心爱的孩子，不得不按照玛丽娅吩咐的去做。

当维多利亚干完了这一切，玛丽娅又继续吩咐：“你要面包，现在你自己去烤吧！”

面包烤好后，玛丽娅挑了一块最小的给了妹妹。

“明天你还可以来。”狠心的姐姐说，可心里却在想：你把这面包分成五份，看你的孩子面色还能红润？

维多利亚第二天又来了，玛丽娅给她干的活却更重了，而到了晚上，放在维多利亚面前的面包更小了。不过，这一次维多利亚比较聪明了。她揉面粉后，没有洗手。回到家里，她把粘在手上的面粉都刮到锅里，然后放上水搁到炉子上煮，这样就成了美味的面粉汤。孩子们每天喝着这样的面粉汤，再加上吃一小片面包，稍微有了一点饱的感觉，就去睡觉了。然而这些孩子们的面色倒更红润了。

有一天，维多利亚在姐姐的院子里磨面粉，突然来了一个衣衫褴褛的穷老头子。

“善良的女人，请给我一块面包吧。”他说，“我饿极了。”

维多利亚看着他同情地说：“啊，老人家！我很愿意给你面包吃，可我不是这儿的主人，也没有面包，你去向我姐姐要吧。”

这时，安娜·玛丽娅从屋里跑出来，叫骂道：

“你这臭要饭的，滚开！否则我叫狗来咬你！”

她那个凶恶的儿子也从她的背后跳出来，捡了许多石头向老头掷去。

穷老头只得转身走了，但维多利亚马上追了上去，对他耳语说：“晚上你在大路边长着橄榄树的转弯处等我。”

维多利亚干完了一天的活回家了，她来到大路的转弯处，看见那穷老头正坐在橄榄树底下的石头上等着她。维多利亚赶紧来到老头面前，从篮子里拿出了一块小面包，把它平均地分成六份，把其中一份给了老头。老头拿着面包问：“善良的女人，你是把谁的一份给了我？”

“这面包是我们一家人的口粮。”维多利亚回答，“我有五个孩子，我给你的是我自己的那一份。你不用担心，我今天干了许多的活，到家后马上就会睡着的，一个人在睡着时是不知道饿的，也不会想吃东西的。”

“好吧，那我谢谢你了，也许我以后能帮助你。”

过了没多久，一天安娜·玛丽娅的儿子看见天空有一只鹰在飞，就吵着要想同鹰一块儿玩。安娜·玛丽娅非常溺爱儿子，如果她有翅膀，一定会飞去将鹰捉来给儿子玩，但她没有翅膀，只得劝儿子玩别的东西。但这宝贝儿子只想要鹰，他得不到就张着大嘴，拼命地尖声号叫起来，叫得别人耳朵都要聋了，而他自己却生起病来了。

"你的孩子呢？"玛丽娅问妹妹，"他们都健康吗？"

"孩子们都很好，很健康。"维多利亚回答说。

这时嫉妒心绞着狠毒的安娜·玛丽娅。于是，她叫妹妹到田里去工作，而自己乘机溜到了妹妹家去了。安娜·玛丽娅来到妹妹家的小院子外，看见维多利亚的五个孩子个个都长得胖乎乎的，脸色都像美丽的鲜花，这时她嫉妒得快要哭了。

"哎哟，可爱的孩子们，好久没看见你们了。妈妈给你们什么东西吃，都长得这么胖？"她说着还狠狠地拧了一下最小的男孩。

"我们吃面粉汤。"一个老人的声音在她背后回答。

安娜·玛丽娅忙转身，看见一个老头儿，便奇怪地问："你是谁？在这儿干什么？"

老人笑了笑说："怎么连我也不认识啦？我就是被你赶走的那个臭要饭的，现在我是孩子们的朋友。"

"你这老混蛋，"安娜·玛丽娅狠狠骂道，"面粉汤就是你弄来的？"

"不是。是妈妈每天回家后，从手上搓下来的。"女孩子答道。

"哦，原来如此！"安娜·玛丽娅暗暗自语道。

当天晚上，玛丽娅在妹妹临走前，命令她把手洗干净，然后连面包都没给她，就把她赶了出去。

维多利亚伤心地提着空篮子回家去了。当她来到大路转弯处时，她再也走不动了，便慢慢靠着那棵橄榄树坐了下来。她看着这空空的篮子，伤心的眼泪就像断了线的珍珠，洒落在地上。是呵，今天拿什么东西给孩子们吃呢？

维多利亚哭着、想着，突然她看到地上有三块晶莹光滑的石头，她便捡了起来放进篮子里，再把围裙盖在上面。

孩子们像往常一样，他们在母亲回家前，就将锅洗净放上水，把炉子点着，等着母亲手上的面粉下锅。"孩子们！"一到家，维多利亚就说，"今天我们不喝面粉汤了，而是美味的肉汤。"便把三块石头放进锅里。

"妈妈，肉汤要煮很久吗？"孩子们问。

"是呵！孩子们，你们看它多硬啊！"维多利亚边说着，边用木勺搅了搅锅里的石头，"当它变软时汤就做好了，现在你们去玩吧！"

孩子们愉快地跑出去玩了，这时母亲在炉子边坐了下来，看着这煮着石头的锅子，又伤心地痛哭起来。

“这可怎么办啊?”维多利亚想，今天也许能让孩子们玩累了，忘记了吃，便让他们睡去，可明天怎么办呢，我能找到活干吗?

这时门开了，孩子们带着一个老爷爷跑进屋里。

“妈妈、妈妈，”大儿子喊道，“爷爷说，他也饿了，把我们的肉汤给他吃吧!”

“好的、好的，等肉煮软了就吃，”维多利亚说，“但现在肉还很硬，让爷爷先在炉子边暖暖身子，你们去玩吧!”

孩子们叫喊着跑开了，这时维多利亚对老人说：

“老人家，请不要生我的气，上次我把自己的一份给了你，但今天我什么吃的都没有了。”

“锅里煮的是什么?”老人问。

“什么都不是，只有三块石头。”维多利亚忧郁地说。

“哈哈，你在骗我，我已闻到了肉的香味!”

“我向你发誓，里面除了石头，什么也没有。”维多利亚说完，打开锅盖，用一只大木勺，从里面舀了一勺子。

当她看见勺里是一大块煮熟的肉时，她多么惊奇啊。

“我不是说有肉的味道吗?”老人说，“快叫孩子们来吃晚饭。”

“但这肉还要加点盐，我现在连盐都没有!”

“这不要紧，你刚才有滴眼泪掉到锅里了，没有比母亲的眼泪更咸的了。”

维多利亚半信半疑地试了试味，果然，味道正好。

“孩子们，肉汤做好啦，都来吃晚饭吧!”维多利亚高兴地呼唤孩子们，把肉汤盛在一只大钵子里。

“给孩子们每人再吃一块面包。”老人说。

维多利亚摇摇头说：“家里早已没有面包了。”

“啊，刚才你又在欺骗我了!”老人神秘地微笑着说，“你碗橱里放着的是什么?”

维多利亚无可奈何地打开碗橱的门。呵，真是的!只见碗橱上放着七个小圆面包，还热烘烘的呢。

今天这顿晚餐大家吃得美极了!都吃饱后，老人说：“现在最好喝一杯甜酒，或吃一块勃洛乔（一种饭后吃的甜食）。女主人，你到地窖里去，把酒和勃洛乔拿来!”

虽然维多利亚知道，地窖里连老鼠吃的东西都没有，但她还是一句话也没说，到地窖去了。

但地窖里奇迹突然发生了：只见地窖里有一桶酒，旁边放着羊奶酪，墙上粗大的钩子上还挂着一只熏火腿和一大串香肠。

"哎哟，老先生！"维多利亚走到老人面前惊讶地说，"您一定是位魔术师吧？"

"也不完全是这样，"老人回答，"你也不必见怪，其实我做的那些事都是微不足道的小事。你听我说，近一千年来我为人间的小事不断地忙着，现在我已相当累了，我想到森林中那棵和我同龄的橡树洞里去休息。我打一个瞌睡，你们要过一百年。所以，我要把最后几件事都安排好。首先，我要让你这善良的人过上幸福的日子；还有就是，你姐姐和她的儿子，我也要让他们得到应有的报酬。"

老人说完，喘息着从凳子上站了起来，向门外走去。维多利亚知道他将给玛丽娅的报酬意味着什么，便急忙追了上去，拉住他的衣服，替自己的姐姐求情说：

"呵，好心的魔术师先生，我请您饶了我姐姐吧！"

"我是想饶了她，不过事情并不那么简单。因为，我们魔术师也有自己的规定：一切事情都应有个结局。谁做了，谁就要有相应的结果。善有善报，恶有恶果。"

老魔术师走了，而这一夜维多利亚一直到天亮都没睡着，她很担心自己的姐姐会发生什么不幸的事，安娜·玛丽娅虽然对自己很残忍，但总归还是自己的姐姐啊。

第二天一大早，她就赶到了安娜·玛丽娅家去。当她来到姐姐家台阶前，就看见玛丽娅双手捂着脸颊，跑出门来叫道："哎唷，妹妹，糟啦！昨天夜里，就是那个臭……喔唷唷唷……我疼呵！"她说到那个骂人的"臭"字就疼得她使劲搓面颊，所以她不得不改口说："就是那个问我要过面包的最好心的老头说，每次我骂人时，就会牙齿痛。他这老家伙我怎能不骂……喔——唷唷！圣母玛丽娅保佑我吧！我实在痛死了……"

这时，安娜·玛丽娅的儿子手里拿着一根木棍，朝院里一条蹲着的小狗冲去。这孩子想用木棍打那条小狗，他刚要举起手中的木棍，突然木棍变成一条蛇，这蛇直接向孩子的额头窜去，在他的脸上狠狠地咬了一口。

安娜·玛丽娅见此情景，又大声哭骂开了："这老妖精……哎唷唷，也不放过这孩子……喔——唷——唷！呵，妹妹，你看看，我这可怜的孩子，现在什么都不能玩了！要拿棍子玩，棍子就马上变蛇来咬他；丢石头，石头就会落到自己头上。我一天到晚给孩子治伤都来不及。妹妹啊，这可叫我怎么办啊？”

维多利亚这时微微笑了起来，心想：这样的报酬对于她来说还是应得的。于是，她转身回家去了。

（意大利）

四、名胜古迹

览名山大川，领略清新美丽的自然风光，欣赏巧夺天工的人文景观，让我们身心愉悦、心旷神怡，增强我们热爱大自然的信念，从而促进人与自然和谐相处。

桂林山水

桂林，位于广西东北部，是世界著名的旅游胜地和历史文化名城。

桂林是世界著名的风景旅游城市，有着举世无双的喀斯特地貌。桂林的山，平地拔起，千姿百态；漓江的水，蜿蜒曲折，明洁如镜；山多有洞，洞幽景奇；洞中怪石，鬼斧神工，琳琅满目。于是形成了“山青、水秀、洞奇、石美”的桂林“四绝”，获得自古就有的“桂林山水甲天下”的赞誉。

桂林也是一座历史文化古城，两千多年的历史，使它具有丰厚的历史文化底蕴。秦始皇统一天下后，设置桂林郡，开凿灵渠，沟通湘江和漓江。桂林从此便成为南通海域、北达中原的重镇。宋代以后，它一直是广西政治、经济、文化的中心，号称“西南会府”，直到新中国建立。在漫长的岁月里，桂林的奇山秀水吸引着无数的文人墨客，使他们写下了许多脍炙人口的诗篇和文章。

关于桂林山水，民间流传着一个这样的故事。

话说在孙悟空大闹王母娘娘蟠桃会的时候，桂林还只是一片没有山、没有水，甚至没有名字的荒原。

蟠桃会被孙悟空搅局之后，没法继续进行了。嫦娥、织女、麻姑和元女便相约前往瑶池游览。大家在瑶池逛了一圈，元女觉得瑶池再美也不过如此，有些失望地说道：“瑶池并不像想象中那么美，单凭我们自己的能力也能建造。”嫦娥表示赞同，并建议说：“我有个主意，我们四人各自找一个地方创建一处美景，以后就有游玩的去处了。”麻姑有些担忧地反对：“不行！不行！随意占用天堂的地盘，可是大罪一桩。”织女沉思了一会儿，高兴地拍手叫起来：“有了！不能占用天堂，那我们就建在人间吧。在人间创建美景，这可是造福万民的大好事。”其他几位仙女都点头附和，并马上约定，在三天内每人各造一处景点，看谁的最美。

麻姑、织女和元女只用了两天时间就造好了各自的景点。嫦娥在人间逛了整整两天，却连造景的地点都没有选好，她心里一急，连忙按下云头到了地面，正好落在一个无山无水的荒原上，只见那里的百姓正过着苦不堪言的生活。嫦娥见了，动了恻隐之心，她想：干脆就在这蛮荒之地建造一处美景，为这里的百姓提供一些生活的乐趣。

嫦娥先从月宫折来无数桂花枝，站在云端轻抖长袖，种下了漫山遍野的桂花树。她站在云端放眼望去，碧绿的桂花树连成了树林。看到此景，她不禁高兴地叫道："桂林，桂林，桂树成林！桂树成林好倒是好，但是挡住了百姓的视野。我再在这里建造几座山吧，好让大家登高眺远。"

于是，嫦娥又驾着祥云到了北方，对着群山吹了口仙气。顿时，一座座大山拔地而起，随即变成一群奔腾的石马，跟着嫦娥向南方疾驰而去。经过整整一夜的跋涉，群马终于抵达了桂林。嫦娥又将石马三三两两安排妥当，然后命令它们再变回山峰。在嫦娥的精心设计下，这时的桂林已是群峰耸立，桂花树一望无际，唯一的遗憾是没有一潭水、没有一条江。因此嫦娥左看右看，总觉得比起麻姑建造的西湖差多了。

眼看三天时间只剩下了最后半天，嫦娥急忙奔赴瑶池取水。谁知，王母娘娘得知麻姑将瑶池之水洒向人间后，已经对瑶池严加看守了，嫦娥不知道该怎么办。

恰巧这时观音菩萨云游归来，途经桂林，看见原先的蛮荒之地变成了一片茂密的山林，而且阵阵花香扑鼻而来。观音又惊又喜，在云端驻足观望，忍不住赞叹道："峰峦叠嶂，花香阵阵，真美啊！只是山峰全都如马，姿态略微欠缺了些。"说完，她将拂尘向下轻轻一扫，群峰顿时姿态万千：有的像老虎，有的像骆驼，有的如大象，有的如仙鹤，有的似锦鸡，而最初领头的那匹石马变成了猴山。

嫦娥没能从瑶池借到一滴水，正在桂树林里踱来踱去，一筹莫展。忽然她看见群山变得如此秀美，心里十分惊疑，便飞上云端观察。结果，她一眼就看见了观音菩萨，心中一喜，赶紧向观音求助："菩萨娘娘，这是我造的山、种的树。不过，我没能从瑶池借到一滴水，一旦我离去，桂树肯定就不能存活了。即使是您点化而成的这些秀美山岭，也会变成一座座光秃秃的山岭。菩萨，请助我一臂之力吧。"观音笑道："难得嫦娥仙子善心一片，愿意为民造福。好吧，我把净瓶借你一用。只要你在地面挖出江河，再将净瓶往里一倾，江河就会清波荡漾、源源不绝。"嫦娥接过净瓶，谢过观音菩萨，转身就开始挖江河，身后传来了观音的叮咛："记住，你五更之前，一定要送还净瓶，否则将被禁入蟾宫，永世不得下凡。"嫦娥一边答应，一边按下云头，开始考察开挖水道的地方。最后她决定环山而挖，使碧水环山，形成与西湖完全不同的美景。

为了胜过麻姑建造的西湖美景，嫦娥决定在兴安之地开始挖掘。她奋力挥锄，挖出一条不大不小的河道。

河道如游龙走蛇，在群山之间曲折向前，经过桂林，一直到阳朔。此时，已快到五更天，如果河道就此结束，那么阳朔以南就将永远干旱，即使桂林当地的山水美过仙境，也会因此而大打折扣。嫦娥想了想，一咬玉牙，继续挖起来。她一直向梧州的方向挖去，最后直通西江，形成了蜿蜒几百里的河道。

当太阳爬上东山时，嫦娥急忙将净瓶里的水倒进河道里。顿时，河道里波光潋滟，秀丽的山峦倒映在水中，万般妩媚。桂林山水终于比过了其他三位仙子创建的景点，从此就有了“桂林山水甲天下”的美名。然而，由于五更已过，观音菩萨的净瓶化为了净瓶山。桂林的百姓非常感谢嫦娥所作的贡献，就将她飞天而去的地方称为离江。桂林山水，经过一代又一代百姓的苦心经营，渐渐扬名天下，而离江也渐渐被改名为“漓江”。

千百年来，桂林一直是人们旅游观光的宝地。如今，一个以桂林市为中心，包含周围12个县的风景区已经形成。这里有浩瀚苍翠的原始森林、雄奇险峻的峰峦幽谷、激流奔腾的溪泉瀑布、天下奇绝的高山梯田……在这一片神奇的土地上，生活着壮、瑶、苗、侗、仫佬等十多个少数民族。大桂林的自然风光、民族风情、历史文化，深深地吸引着中外游客纷至沓来，流连忘返。尤其是2009年，桂林漓江风景区以83公里岩溶水景入选中国世界纪录协会世界最大的岩溶山水风景区，成为中国旅游的又一个“世界之最”。

凤凰山

很久很久以前，在西湖南边的一座山下面，住着两个兄妹：哥哥叫春生，妹妹叫秋姑。父母临死时留给他们三亩租田，一间破草房。兄妹俩起五更落半夜地耕种着这块田，总想多打点粮食。可是秋天谷子刚熟，财主就收租来了。交了租子，剩下的就不够吃了。没办法，兄妹俩只好喝汤吃粥，苦挨苦熬地过日子。

有一年大年三十，有钱的财主家，满桌摆的是鸡鸭鱼肉。春生家呢，只剩一小盅米了。秋姑就煮了一碗稀粥给哥哥吃。春生说：“我不饿，妹妹你喝吧！”秋姑说：“我不饿，哥哥你喝吧！”兄妹俩你推我让，谁也不肯喝。

这时候，鹅毛大雪漫天飞舞，北风呼啦啦地吼得怕人。风雪里来了一个求乞的老婆婆。她头发斑白，衣衫褴褛，拄着一根拐杖，一步一颠地边走边叫：“北风天哪，白雪地哟！善心的人啊，可怜可怜我老太婆吧！”这沙哑的声音传进了破草房，兄妹俩听得清清楚楚。秋姑说：“哥哥，你听多可怜哪！”春生说：“妹妹，我们叫她到里面来吧。”说着，急忙开门出去，把这陌生的老婆婆扶进屋子。秋姑忙着给老婆婆掸落身上的雪花，春生端起那碗推让了半天的稀饭给老婆婆喝，老婆婆在他们家宿了一夜。

第二天，雪停了，天放晴了。老婆婆起身告别时，拿出一块白绫送给秋姑，说：“姑娘，用你灵巧的双手，把这块白绫绣起来吧，幸福注定是给勤劳而善良的人的。”秋姑接过来一看，只见那白绫上淡淡地描着一只凤凰。

于是，秋姑白天黑夜地绣着这幅白绫。她用红色的丝线绣凤头，用黑色的丝线绣凤眼，用金色的丝线绣凤翼，用五彩的丝线绣凤尾。绣呀绣的，绣花针刺破了她的手指，鲜血染在白绫上，她就在上面绣起火红的太阳和朵朵云彩。她从立春绣到立夏，终于把凤凰绣好了。

这幅凤凰图真美呀：那凤凰仰着头，朝着天上火红的太阳飞舞，就像活的一样。兄妹俩把它挂在屋子里，越看越高兴，越看越喜爱。晚上，奇怪的事情发生了。秋姑半夜醒来，看到屋子里一片金光，仔细一看，那凤凰从图上飞下来了。她就把哥哥叫醒，兄妹俩静静地看着。只见凤凰在屋子里走了几个圈子后，又回到那幅白绫上去，金光也随着消失了。

第二天早晨，秋姑起来扫地，在地上捡到一个金凤凰蛋。兄妹俩就卖了它，买了几亩田和一头黄牛。

俗话说：“好事传千里。”事实确实是那样，这凤凰图的事像一阵风似的传到了县官的耳朵里。县官心想：这图上的凤凰能生金蛋，真是一件奇珍异宝，我一定要把它弄到手！于是，他就把春生传来，说：“老爷抬举你，愿意出三百两银子买你的凤凰图。”

春生回答说：“凤凰图是我妹妹费了很多心血才绣成的，我们不卖！”

县官听了，脸一沉，把惊堂木一拍，说：“这分明是皇上的宝物，穷人家哪能绣得这等宝图！”不由分说，就安了个“盗窃国宝”的罪名，把春生关在牢里。然后又命衙役到春生家抢来了凤凰图。

凤凰图一到手，县官真是得意极了。他左看右看，连饭也忘记吃，乐得哈哈大笑。这天晚上，他坐在太师椅上，守候凤凰下金蛋。到了深夜，突然，凤凰图射出了耀眼的光芒，照得满屋子金光闪亮，那凤凰果然从图上下来了。他以为凤凰要生蛋，忙蹲下身子去看，哪知凤凰气势汹汹向他扑来，没头没脑地乱啄，痛得他在地上乱滚乱喊："来人哪！救命呀！"衙役们闻声赶来，凤凰早就"哗"的一声，冲出窗户朝山上飞去了。衙役将县官从地上扶起来，只见他满脸鲜血，左眼也被啄瞎了。

县官吃了这次亏，还不死心。他想：那姑娘既能绣出这幅凤凰图，定能再绣第二幅。于是，他就把秋姑传来，对她说，如果能重绣一幅凤凰图，便把春生放出来。秋姑为了救出哥哥，就答应了。她从县官那里拿回那块白绫，一针一针地绣了三个月，那绚丽的凤凰又绣好了，可是，留下一对凤眼没有绣。她对县官说，要先放了她哥哥，然后才绣凤眼。县官叫衙役把春生放出来。秋姑见了哥哥，便一针绣成了凤眼。这凤凰有了眼睛，就展翅飞了下来，驮着兄妹俩飞上山顶去不见了。

后来，人们就把这座山叫做"凤凰山"。

飞来峰

传说四川峨眉山上，从前有一座会飞的小山峰。它一会儿飞到东，一会儿飞到西；飞到哪里，就在那里压坍许多房子，压死很多人。

那时，西湖灵隐寺里有一个和尚，因为他整天疯疯癫癫的，不守佛门清规，所以人们都叫他疯和尚。有一天，疯和尚得知中午的时候，那座奇怪的飞山将飞落到灵隐寺前的村庄上来。他担心山落下来会压死很多人，就五更爬起身，奔进村庄，挨家挨户地说："今天中午有一座山要飞到这村庄上来了，大家赶快搬家呀，迟了就来不及啦！"

老头儿听了直摇头："疯和尚，你又来寻开心了，山是顶重的东西，谁见过会飞的山呀！"

当家人听了叹口气："我们穷佃户往哪里搬家呀！要是真的有山掉下来，压死也只好怨命啦！"

小伙子听了哼鼻子："别编谎话吓人啦！山压下来就拿肩膀顶着，我们不怕！"

小伢儿们嘻嘻哈哈地跟在他后面，指手画脚看热闹。

疯和尚这家进那家出，全村百十户人家都关照过了。他说得嘴唇破、唾沫干，却没有人信他的话，更没有一家人准备搬家。

太阳越升越高，眼看中午就要到了，疯和尚急得团团转。这时，他忽地听到"的的打、的的打"吹唢呐的声音，赶紧顺着声音奔过去。一看，好呀，原来有一家结婚，人进人出，热闹极了。疯和尚搔搔头皮想一想，就推开众人，钻到堂前，不管三七二十一，把新娘子往肩上一背，抢出大门往村外飞跑。

新娘子头上的红披巾还没有揭掉，忽然糊里糊涂地叫人背着飞跑，也不知发生了什么事，只吓得哇哇叫。疯和尚抢新娘子，这还了得！人们抓门闩的抓门闩，抢扁担的抢扁担，挥锄头的挥锄头，举钉耙的举钉耙，没命地追赶上来。一面追，一面喊：

"抓住疯和尚！"

"前面快拦住呀，别放他跑了！"

这一下，把全村都轰动了。也不管是不是亲戚，是不是朋友，男的、女的，老的、少的，全村人都追了出来。只有村东一家财主没有动，反倒站在门前看热闹，讲风凉话：

"出家人抢新媳妇，真是件新鲜事，嘻嘻！"

疯和尚背着新娘子，一个劲往前奔。他跑得真快哩！大家一直追出十几里路，还未追上他。等到太阳当头，疯和尚站住脚，不跑啦。他从背上放下新娘子，自己往地上一坐，摇着扇子扇风凉。人们赶到他跟前，刚要揪住打他，却不料霎时天昏地暗，伸手不见五指，大风刮得呼呼地响。突然"轰隆"一声，人们都被震得跌了一跤。大家爬起来一看，已经风停云散，太阳照在头顶上了，却见一座山峰刚刚落在他们的村庄上。人们这才明白过来：疯和尚抢新娘子是为了救大家的性命。

村庄被压在山底下，大家都无家可归了。有的人急得捶胸顿脚，哇哇大哭起来。疯和尚说："哭什么！你们不知道，村里的财主已被压死在山下了，今后你们各人种自己的田，还怕盖不起房子！"

人们听后都高兴起来，欢欢喜喜地正想散去，疯和尚又讲话了："别走别走，大伙听我说，这座山峰既然能从别处飞来，也就会从这儿飞走；飞到别的地方，也会害死许多人。我们在山上凿它五百尊石罗汉，就能把山镇住，不让它再飞往别处害人，你们看好不好？"

大家听了，一齐说"好"，马上就动起手来，锤的锤、凿的凿，"叮叮当当"忙了一夜，五百尊石罗汉就凿全了，山上山下都布满了石龛佛像。天亮了，他们只凿了罗汉的身躯，却来不及凿出眉毛、眼睛。疯和尚说："我有办法，让我来！"他不用锤子不用凿，只用他长长的手指甲到石罗汉脸上去划。半天工夫，便把五百尊石罗汉统统都安上了眉毛和眼睛。

从此，这座小山峰就再也不能飞到别处去，永远留在灵隐寺前面了。因为它是从别处飞来的山峰，所以人们都叫它"飞来峰"。

黄山

据说有一天，浮丘公来见轩辕黄帝，发现他眉宇紧锁，郁郁寡欢，便关切地问：“尊敬的帝王啊，你为啥闷闷不乐呢？”轩辕黄帝长长叹了一口气，无限伤感地说：“清晨起来，我到溪边梳洗，面容倒映水中，这才发现我已两鬓染霜，胡须斑白。唉——我老了，老了呀！”

浮丘公说道：“世上万物有生必有死，你担忧又有什么用呢？”

黄帝摇摇头：“我不是怕死。因我还有许许多多的事情没有办完：土地要开垦、河流要治理、禽兽要驯化、植物要选种……我可不能早死啊。”

“那有什么办法呢？”浮丘公为难地说，“只有神仙才能长生不老。”

“不错，”轩辕黄帝脸上露出了笑意，“我听说凡人只要吃了仙丹便能超脱凡尘，成仙不老。浮丘公，你快去给我找一个炼丹的仙境来。”浮丘公不敢违抗，只得领命而去。

浮丘公走后，黄帝每天丢一颗石子在瓮里。现在瓮里的石子已经一千多颗了，就是说浮丘公已经离开了三年。这一天，轩辕黄帝放了石子，心里焦急不安，忽然容成子来报：“浮丘公回来了！”黄帝赶忙出门迎接，一见面来不及寒暄，便迫不及待地问：“快说快说，事情办得如何？”

浮丘公施礼道：“尊敬的帝王啊，我终于找到了一个炼丹的地方，那真是个仙境。”

“那地方在何处？”黄帝欣喜地问。

浮丘公说：“江南有一群高山，只因山上多是黑石，我就给它起了个名字叫黟山。”

轩辕黄帝的高兴劲儿简直无法形容。他顾不得让浮丘公休息，第二天便带着浮丘公、容成子和一些臣仆起程上路，直奔江南黟山。到了那里，众人抬头看时，果真是个绝胜处。只见奇峰错列，拔地而起；一座座山峰千奇百怪，各具情态，真是“奇峰峰侧抽奇峰，怪石石上叠怪石”。大家正看得张嘴咂舌，惊叹不已。忽然，从山谷的一个洞穴中，飞出团团云雾，把眼前的美景遮掩到纱幕后面去了。轩辕黄帝看得正入神，不料景致被云雾遮住，非常恼怒，就用手去撕云扯雾。说来也怪，那朵云竟像流水一般沿着原路流回原来那个洞里去了。众人惊疑不止。

轩辕黄帝看得如痴如醉，不用浮丘公引路就一直向山里走去。

没走多远，只见一座山的山脚下

有一个水池，池上笼罩着团团雾气，容成子蹲下身子用手掬水，那水竟是热的！浮丘公说："我曾听说山中有一个仙池，一定是这个了。"轩辕黄帝听后欣喜若狂，赶忙脱下衣服，跳进池中。池水不热也不凉，洗完之后精力倍增，使人飘然欲仙。

再往前走，忽然看到一群猿猴嬉戏追逐，它们嘴里都含着各种各样的花朵，聚集在一块巨石上，只听见一声呼啸，闪出一道黄光，猴子们都不见了。轩辕黄帝心中十分纳闷，便率众人追寻。哪里追得上？山里本来就没有路，遍地野莽，处处青藤，再加上怪石狼牙，走不了几步就陷入绝境。黄帝不死心，又命容成子在前抡斧开路，跌跌撞撞一路寻去。爬至一座悬崖，只听见谷中喧喧嚷嚷，低头一看正是那群猿猴，它们把采摘来的鲜花全丢在一个大石槽中。一块突石上，端坐着一只毛色雪白的老猴，几只小毛猴正在给它抚背搔痒。轩辕黄帝心想，这一定是猴王。这时，那老猴王已站立起来，向山崖上的黄帝拱手行礼，嘴里还呀呀有声。黄帝正欲还礼，只听到一声呼啸，那猴王及猴群又都不见了。

浮丘公走到黄帝身旁，低声说道："据传这山中有一仙猿，能腾云驾雾，来去无踪。刚才见到的恐怕就是它。"

轩辕黄帝点点头，又领众人走下山来。忽然一阵阵醉人的醇香扑鼻而来。众人四处寻找，只见一个石槽中有半槽淡红色的水，香味正是从那里飘来的。容成子抢上一步，用手掬起饮了一口，不禁大叫起来："仙酒！仙酒！"黄帝和众人一尝果然甘美，大家便狂饮起来。

轩辕黄帝吩咐就在这山中垒石造屋过夜。第二天，大家分头去寻找最理想的炼丹地方。他们攀山越涧，腿脚被石头碰破了，衣裳被荆棘扯烂了，走遍黟山所有的山峰，终于找到了一个好地方。黄帝便吩咐浮丘公搭炼丹台，容成子砌炼丹炉，众臣仆们砍柴备薪。他自己迫不及待地去找炼丹的药。

炼丹需用九十九枝灵芝草、九十九根九节参、九十九对羚羊角、九十九朵玉露花、九十九个豹子胆、九十九颗无花果、九十九枚赤叶松、九十九片冰薄荷、九十九颗朱砂丸，再加上九十九滴甘露水。要把这些东西配齐可真不容易。然而，轩辕黄帝下定决心：炼不出仙丹绝不下山。

黟山七十二座陡峭的山峰插入云中，有些地方连猴子也难以爬上去，可轩辕黄帝却踏遍了每一寸山崖。带来的粮食吃完了，只好摘野果子充饥；带来的臣仆们受不了苦，先后偷偷地溜走了。最后，只剩下轩辕黄帝、浮丘公和容成子三人。九年后，他们千辛万苦才找齐了各种药，只是缺少甘露水。这时，浮丘公又病倒了，轩辕黄帝便把容成子留下来照顾他，自己又走进深山继续寻找。这天，他累得很，看见桃花溪里有一块光滑平整的大石头，就爬上去休息。当他朦朦胧胧闭上眼时，忽然听见山林里传来一阵清脆悦耳的仙乐。不久，他就看见两只仙鹤从林中走出来，边走边舞。仙鹤后面，有一位白胡子、白眉毛的老翁，骑着一头雪白的鹿，正向他缓缓走来。他吃了一惊，赶忙起来施礼，向他打听何处有甘露。老仙翁笑而不答，只是扔下一块方巾。那方巾正飘落在轩辕黄帝的脚下，他定睛一看，方巾上有两个字：丹井。黄帝欣喜若狂，一下子醒来，再看时，方巾不见了，原来是一个梦。他一骨碌爬起来，在脚下一块石头上凿打，找那口丹井。岩石十分坚硬，凿了一天才凿了一小块石屑。但黄帝没有灰心，一直凿了七七四十九天，终于凿出一口井：井水甘甜芬芳，果然是甘露水。

容成子和大病初愈的浮丘公闻讯赶来，三人立即动手把各种药捣碎做成药丸，然后升火开炉。

他们炼了整整三年，原来准备的像山一样高的柴垛烧完了，炼丹台附近的树砍尽了，浮丘公和容成子不得不到远处去砍柴。轩辕黄帝在炉前烧火，当他把最后一根松柴填进炉膛后，砍柴的还是没有回来。眼见炉膛内的火渐渐变小，黄帝急得坐立不安：炼丹的火万一熄灭，那就前功尽弃了。他又一次抬头望望山道，还是没有人影。怎么办呢？黄帝突然把自己的一条腿伸进炉膛里，这时炉火才旺起来。烧着烧着，炼丹炉内骤然一声巨响，并射出万道金光把远山近壑照得通亮。浮丘公和容成子急忙赶来，黄帝正安详地烧着他的腿呢。他俩把黄帝的腿拔出来，三人看看丹炉，高兴得不知说什么好：仙丹终于炼成了！

那些半途逃走的臣仆，听到黟山一声轰响，又看到万道金光，知道仙丹已经炼成，便纷纷赶来。可当他们赶到的时候，黄帝、浮丘公和容成子已经服了仙丹，脱胎换骨，飘然成仙了。臣仆们见那三人已慢慢飘离地面，就苦苦哀求也把他们带上天去。

轩辕黄帝看了他们一眼，没有答理他们。三人脚踏祥云，渐渐升高。有一个臣仆纵身一跃，抓住了黄帝的胡须，想跟他们一道上天，不料上升到半空那胡须忽然断了，那臣仆摔下来立刻变成了一块怪石。黄帝的胡子落在地上变成了龙须草。现在山崖石缝边那一丛丛绿油油的龙须草，就是当年轩辕黄帝的胡子变的。

黄帝、浮丘公和容成子吃了仙丹变成神仙，从此长生不老，一直在为人类造福。因为黟山是黄帝炼丹的地方，后人就把黟山叫做“黄山”了。

现在黄山七十二峰中的轩辕峰、浮丘峰和容成峰，就是为纪念他们而命名的。桃花溪里，他们用过的丹井至今还保存着呢！

日月潭

日月潭是台湾的“天池”，湖周35公里，水域9平方公里，是全省最大的天然湖泊，也是全国少数著名的高山湖泊之一。其地环湖皆山，湖水澄碧，湖中有天然小岛浮现，圆若明珠，形成“青山拥碧水，明潭抱绿珠”的美丽景观。清人曾作霖说它是“山中有水水中山，山自凌空水自闲”；陈书游湖也说它是“但觉水环山以外，居然山在水之中”。300年来，日月潭就凭着这“万山丛中，突现明潭”的奇景而成为宝岛台湾众多名胜之首，驰名于五湖四海。

住在日月潭周围的人们，丰衣足食，生活幸福。

传说在很久很久以前，潭边曾飞来两条恶龙。一条恶龙吃掉了太阳，而另一条恶龙吃掉了月亮。然后，两条恶龙一起沉到了潭底。从此，世界就陷入了黑暗之中。人们不能种五谷、养牲畜，生活越来越困难。

潭边住着一对年轻夫妻，丈夫叫大尖哥，妻子叫水社姐。大尖哥手中有一把金斧头，劈山山开、劈地地裂，非常锋利。水社姐手中有一把金剪刀，闪闪发光，可变大变小。夫妻俩决定用这两件宝贝来除掉恶龙，救出太阳和月亮。于是，他们请来有经验的老渔夫和老农民，商量行动计划。

第二天，按照商量好的计划，趁恶龙睡觉时，当大尖哥和水社姐悄悄地走到它们身边。可是，当大尖哥和水社姐刚刚举起手中的宝贝，两条恶龙就醒了。双方展开了激烈地搏斗。

站在潭边的人们向潭里扔了许多大石头，给大尖哥和水社姐助威。

激战了三天三夜，大尖哥和水社姐终于打死了两条恶龙，救出了太阳和月亮。人们用大棕榈树托起日月，使它们慢慢地升上了天空。

与恶龙激战了三天三夜的大尖哥和水社姐，累得筋疲力尽，饿得肚子“咕咕”直叫。可是，潭边却没有可以吃的东西。他们看见旁边的龙眼树上结了许多圆圆的果子，已经成熟了，便摘下几个，毫不犹豫地吃了起来。吃完果子之后，他们觉得浑身的关节都往上长，身子越来越高了。一会儿，两个人就变成了两座大山。这两座山，像两位神勇的武士一样，守卫在潭边。

人们感念他们的功德，便把这两座山分别叫做“大尖山”和“水社山”，把潭叫做“日月潭”。

如今，日月潭已经成了世界闻名的自然风景区。到这里参观游览的人，纷纷赞扬中华民族热爱生活、不怕困难、勇敢坚强的伟大精神。

蝴蝶泉

很早以前，滇西的洱海之东有一个名叫杜朝选的猎人，他是一个打猎好手，成天背着弓箭在附近的荒山野岭搜寻猎物。洱海之东的野兽，很快就被他消灭得差不多了，所以，他有时在山中转悠一整天也打不了几只猎物。

这天，杜朝选从永胜县走到了宾川县，决定从这里乘船去洱海之西打猎。白茫茫的海面上，恰好有一艘船，船上的那对老夫妻正在专心致志地捕鱼。杜朝选赶紧跑到岸边，向老两口亲切地喊道：“大叔大妈好，请你们用船把我载到对岸去，好吗？我想到洱海之西打猎去。”

老两口听到喊声，就直起身子来，冲杜朝选摇摇头说：“孩子啊，我们很愿意送你去洱海之西。但是，我们不能这样做啊！”

杜朝选纳闷地问：“为什么啊，大叔？”

大叔忧郁地答道：“听说，洱海之西前几年来了一条恶蟒。这坏东西什么都吃，不仅吃野兽牲畜和海味，还要吃人！看看，偌大的洱海现在已经难见鱼虾的踪迹了。我们在海上捕了大半天鱼，仍然一无所获。孩子啊，假如渡你过去，万一你被恶蟒吃掉，那我们不就害了你么？再说了，我们现在放下手中的活，渡你过去，那今天就得饿肚子啦。孩子啊，依我看，你还是别去了吧！”

杜朝选呵呵一笑，轻松地答道：“大叔，你别担心。第一，那条恶蟒吃不了我；第二，我保证你们今天能丰收。”

好心的老两口禁不住杜朝选的央求，便将他从东岸渡到了西岸去。杜朝选跳上岸后，拔出一支箭，向离海岸不远的地方射去。箭落处，一股清澈的水柱冲天而起。水柱里银光闪耀、鱼虾成群。杜朝选微笑着对老两口说：“大叔大妈，你俩今后就到这里来捕鱼吧！我能保证你们天天都是大丰收。”

杜朝选辞别了老两口，就向海西的山里走去。

那老两口按照杜朝选的话，天天渡到这个窟窿边捕鱼，再不用担心海上的风雨飘摇。窟窿的鱼越捕越多。后来，老两口干脆在靠近窟窿的岸边搭建了一个棚子，定居下来。渐渐地，到这里来捕鱼的人越来越多，小棚子慢慢形成了小村庄，最后演变为周城左侧的桃源村。

杜朝选一直向前走去，在周城边上的一个小村里住了下来。每天天刚亮，他便背弓搭箭到荒山野岭打猎了，直到夕阳西沉才返回小村。

一天晚上，杜朝选打猎归来，听到邻居家传来阵阵凄惨的哭声。他敲开邻居家门，发现一个妇女正抱着一名小孩痛哭。他关切地上前问道："大姐，你哭什么呀？"

妇女抬头看了一眼杜朝选，欲言又止，哭得更伤心了。在杜朝选的耐心劝说下，妇女才抽抽噎噎地讲述了事情经过："兄弟，你是这里的客人，哪里能体会到我们的苦难啊！前几年，不知从什么地方来了一条恶蟒，在深山的神魔洞里盘踞不走。这条恶蟒能幻化为人形。它平时吃鱼吃虾吃野兽吃牲畜，不仅常常进村劫掠女人到洞里为奴，而且每到三月初三就向村里讨要一对童男童女为它滋补身体。如果我们拒绝，它就进村杀戮，血流成河啊！明天就是三月初三，轮到我家送娃了。兄弟，你看我这孩子多可爱，可是，一想到明天……"

说到这里，妇女已经泣不成声了，杜朝选握紧拳头，咬牙切齿地说道："这个坏东西，我正要找它算账呢！"然后，又安慰妇女说："大姐，你别伤心了，你不用担心，我要亲自前往神魔洞会会这坏东西！我有办法除掉它，你就在家里等着好消息吧！"

妇女听到这里，不哭了，她疑惑地问道："兄弟啊，你有把握吗？"

杜朝选安慰道："放心吧，我会有办法的。"

杜朝选向妇女打听清楚方位后，顾不得白天的奔波劳累，连夜带着弓箭赶赴从来无人敢靠近的神魔洞。还没靠近神魔洞，他老远就看见夜色中有一团白晃晃的东西在移动。定睛看时，是一条鳞光闪闪的大蟒在向水沟边爬去。杜朝选悄悄躲藏到一块巨石后，屏气观望。等到大蟒在沟边喝水正喝得起劲时，他迅速抽出一支箭朝恶蟒射去。箭刚落下，恶蟒就应声消失，无论如何也找不到一丝踪迹。

第二天早上，杜朝选又来到神魔洞。可是，他将整个山洞找了一遍，还是不见恶蟒的踪迹，只是看到溪边有两个年轻的姑娘正在洗衣服。姑娘们看见杜朝选，一声不吭，只是抱着血迹斑斑的白衣服在一块大石头上卖力地搓洗着。杜朝选心中生疑：在这荒山野岭之中，哪里还有人家呢？她们到底是谁？难道她们是恶蟒幻化而成的？可是，明明只有一条恶蟒，又怎么可能幻化成两个人形呢？杜朝选百思不得其解，就上前厉声喝问："这荒山野岭的，根本没有人家！快说，你们俩是在为谁洗衣服？"

姑娘们见杜朝选来势汹汹，再也无法装聋作哑了。她俩抬起头来，浑身颤抖着答道："我们是在洗自己的衣服。"

"你们自己的衣服？那么，你们住在哪里？怎么会来深山中洗衣服？依我看，你俩就是恶蟒幻化而成的！"杜朝选明明看见了姑娘们眼里的胆怯和泪光，哪里肯相信这些骗人的鬼话？他抬手射出一箭，正在天空翻飞的一只小鸟应声而落。他接着说道："再不说实话，你们的下场就和这只飞鸟一样！"

两个姑娘见杜朝选不仅英武帅气，而且武艺高强，不由得又惊又喜，也不再害怕了。她俩向杜朝选讲述了事情的经过："大哥，你别误会，我们俩都是周城小村的人。刚才是因为惧怕恶蟒，所以我们不敢说实话。去年的一天，我们俩结伴前往云弄峰砍柴，途中被一个少年纠缠。我们吓得回头就逃，慌乱中迷了路，被那个少年捉住了。这个少年正是恶蟒幻化而成的，它把我们掳进神魔洞，强迫我俩为妻为奴，过着悲惨的日子。昨天夜里，恶蟒出洞游玩，不一会儿就负伤逃回。直到现在，那支射入它身体的箭还没有拔出来呢。我们洗的这件血衣，正是它昨晚负伤后换下的。"

"哦，原来如此。那么，恶蟒现在在洞里做什么？"

"正在睡觉。"

"它会睡多长时间？"

"大睡一觉七天七夜，小睡一觉三天三夜。"

杜朝选没想到恶蟒睡一觉有这么长时间，心里暗暗欢喜，赶紧问道："今天是大睡还是小睡？"

两个姑娘齐声回答道："今天正是大睡。不过，它总是随身携带着一把宝剑，那把宝剑锋芒毕露、所向披靡。"

"那么，你们能不能将那把宝剑盗出来？只要盗出了那把宝剑，我就有必胜的信心。"

两个姑娘沉默了一会儿，说道："那把宝剑压在恶蟒的枕头下，盗出来是有一点困难。不过，也不是没可能，我们去试试。"

两个姑娘当即回到洞中。她们发现，那条恶蟒正仰躺在地铺上呼呼大睡，宝剑被死死压在了枕头下。姑娘们冥思苦想，终于有了办法。她俩从洞外拔来一棵草，用草尖轻轻拂弄恶蟒的脖子。睡梦中的恶蟒感觉脖子痒痒得难受，便翻了一个身，侧身继续大睡。这一个翻身，使大半个枕头和大半段宝剑都露出来了。姑娘们握住剑柄，轻轻地将宝剑一点点抽出来。

恶蟒被缴了械都不知道，依然在呼呼大睡。

杜朝选跟着两个姑娘进了洞，只见他手起剑落，凶残的恶蟒还没来得及吭一声，就被剁成了几段。杜朝选用力太大，结果，剑身断在了恶蟒体内，他的手中只握着一把剑柄。

年轻的姑娘们目睹了杜朝选杀死恶蟒，为人们除了一大祸害，由敬佩而生爱慕之情。她们对杜朝选说："大英雄不顾个人安危，独自到深山为民除害，并救了我俩性命。英雄的大恩大德，我们无以回报，只希望我们能成为你的妻子，好为你洗衣做饭。"

杜朝选一听，赶紧摆手拒绝："要不得，要不得。为民除害，匹夫有责。这本就是我应该做的，怎么能索要报答？怎么能让你们做我妻子呢？否则，我不就是乘人之危的小人吗？"

杜朝选以为姑娘们要嫁他为妻，纯粹是为了报答救命之恩。所以，无论姑娘们如何苦苦央求，他就是不答应，飞快地进山打猎去了。

其实，两个姑娘是真心爱上了杜朝选，她们看见心上人向山里跑去，也紧紧追随而去。杜朝选常年在山里飞奔，姑娘们哪里是他的对手？她们追呀追，一直追到天色渐渐暗下来，才无可奈何地转身回去，借宿在洱海西岸那捕鱼的老两口家中。

两个姑娘心里牵挂着杀蟒大英雄，这天晚上自然是一夜没合眼。第二天一大早，她俩饭也来不及吃，便昏沉沉地上路了。两人沿原路返回，一路寻找。当她们走到云峰山下的无底潭时，已经累得走不动了，就坐在无底潭边休息。由于又累又饿又没睡好觉，再加上找不到大英雄而心里难过，因此，她俩在无底潭边昏了过去，双双倒在无底潭中。

其实，杜朝选也是爱慕两位姑娘的，只是不愿乘人之危，所以才拒绝了姑娘们的求爱。不过，他心里一直惦记着帮他除掉恶蟒的姑娘。四月二十五日这天，他一早就四处寻访，却听说两位姑娘为寻找他而昏倒在无底潭里，已经双双死去。

杜朝选马上来到无底潭，在潭边坐了很久很久。他很心疼很难过又很自责，最后也昏倒在无底潭里了。

说来奇怪，杜朝选倒进无底潭后，潭里立即飞出三只彩蝶：两只在前面飞舞，一只尾随其后。他们在水面上下翻飞，形影相随。与此同时，在杜朝选刚才坐过的地方，突然长出一株蝴蝶树来，树上开满清香的金黄小花。三只彩蝶就在树上栖息繁衍。

一年一年过去了，一代一代过去了，最初的那三只蝴蝶繁衍出了无数的彩蝶。

直到现在，每到四月，无底潭四周彩蝶翻飞，简直成了蝴蝶的世界。因此，无底潭被称为“蝴蝶泉”。周城的人民为了纪念这位深情的大英雄，就把他奉为“本主”，也叫“本主神”，而那两位姑娘，也被追认为“本主夫人”。当年，两位姑娘洗衣的那块大石头，则被称为“娘娘洗衣石”，至今还留在霞移溪边。

三潭印月

鲁班带着妹妹鲁巧儿千里迢迢到杭州，在钱塘江边招徒传艺。

一天，兄妹俩正在作坊里指导徒弟，天空忽然刮起一阵黑风，天地霎时暗如黑夜。原来，一条黑鱼精偷偷下凡作怪来了。它一头扎入西湖中央，一口气弄出一个三百六十丈深的潭来，然后就在此安营扎寨，定居下来。黑鱼精是一大祸害，只要它在深潭吹口气，杭州顿时满城腥臭；只要它在深潭喷口水，顿时大雨倾盆。不断上涨的湖水从湖中溢出，淹没了整座杭州城。

乌黑腥臭的脏水淹没了杭州城，鲁班只得带上妹妹和一百八十个徒弟爬上宝石山。上山后，他们回头一望，哪里还看得见杭州城的影子啊？他们的前面，已经是一片汪洋大海了。在西湖的中央，转动着一个巨大的漩涡，漩涡中心露出一个鱼头。它那张宽阔的嘴巴大张着，一边呼哧呼哧地往外面吐着臭气，一边哗啦啦地往外喷着黑水。渐渐地，鱼头越挺越高。最后，一条巨大无比的乌黑大鱼跃出水面。它幻化为一个黑脸后生，踏着一朵乌云，径直向宝石山飞去了。

黑脸后生飞到了宝石山顶后降落了下来。他转动着一双圆鼓鼓的斗鸡眼，死死打量着鲁巧儿，问：“哈哈，俊俏姑娘，你是干什么的？”鲁巧儿瞅了他一眼说：“我是一个巧匠。”黑脸后生又打量了一下鲁巧儿，说：“眼睛亮如黑玛瑙，眉毛好像弯月亮。嗯，你一定是个与绫罗绸缎打交道的巧裁缝。走吧，跟我去做新衣服。”鲁巧儿摇摇头。黑脸后生又打量了一番鲁巧儿说：“苗条的身段、灵巧的手。嗯，你一定是个描龙绣凤的巧匠。走吧，跟我去绣‘鸳鸯戏水’。”鲁巧儿还是摇摇头。

黑脸后生忍不住伸手去拉她：“俊俏姑娘，不会做衣服没关系，不会绣花也没关系。只要你嫁给我，保你锦衣玉食，享尽清福。”

这时，鲁班赶了过来，举起榔头就打："你这害人的东西，我今天打死你为民除害！"黑脸后生嘻嘻笑道："你打吧，我让你打。我皮厚三尺，任凭你怎么敲打。听好了，俏姑娘嫁了我，什么都好说，否则我再涨大水淹山冈！"

鲁巧儿心想：现在全城都被淹没了，百姓都在山上躲灾，如果再涨大水漫山冈，百姓就无处可逃了，只能坐以待毙。她低头沉思了一会儿，决定先退了水再想办法。她对黑脸后生说："嫁给你可以，但是不能操之过急，我得让哥哥为我准备嫁妆。"黑脸后生一听，可高兴了，说："行。俊俏姑娘，你需要怎样的嫁妆呢？"鲁巧儿说："山上有一块大岩石，我想让哥哥把它錾成一个大香炉，当做我的嫁妆。"黑脸后生一听，高兴得跳了起来："太好啦！我是来自天上的黑鱼王，如果有了你陪嫁的石香炉，我就可以用它来接收供品啦。"

哥哥不知道妹妹的打算，心里着急得很。于是，鲁巧儿把哥哥拉到一边，讲出了自己的计划。

鲁班对黑脸后生说："你看看，现在东南西北全是水，我怎么动手錾石香炉呢？你先把水退下去吧。"黑脸后生随即张开又扁又阔的大嘴一吸，满城的水竟然飞起来，倒灌进他的肚子去了。鲁班指着一座悬崖问："如果我将这半座山做成一个香炉，你能拿得走吗？"黑脸后生仰头大笑："这有什么难的？我有的是力气，我抬一下腿便会刮起一阵黑风，怎么会拿不动一个小小的香炉呢？就是整座山，我也能移走。好了，等你做好香炉，我再来娶你的妹妹吧！"说完，天空就刮起一阵黑风，黑鱼精随风飘走了。

兄妹俩带着徒弟们爬上悬崖，抡起大榔头，齐心协力连砸一百八十锤，只听"轰隆"一声巨响，悬崖与山体分裂开了，宝石山从此留下了一面光光的峭壁。悬崖滚落下去，堆在地面像一座小山：这边看不见那边的人，那边看不见这边的人。徒弟们傻眼了，鲁巧儿也傻眼了，问道："哥啊，岩石这么大，怎样才能錾成一个圆圆的香炉呢？"鲁班胸有成竹地安慰妹妹："别急，这不是什么难题。"

他拿起一根长绳子，爬到悬崖中间，用眼睛目测了一下四周的距离，稍微调整了一下位置。然后他取出绳子，自己拉着一边的绳头，向妹妹抛出另一边的绳头，说："巧儿拉紧绳头，绕着我跑一圈。"鲁巧儿照着哥哥的话跑起来。她的脚印在悬崖上组成了一个巨大的圆。于是，徒弟们和鲁班兄妹俩一起动手，"叮叮当当"地錾起来。一共錾了七七四十九天，悬崖变成了一个巨大的香炉：圆圆的炉身下面是三只倒葫芦形的尖脚，每只尖脚上都錾有一个三面透光的圆洞。

香炉竣工了，黑脸后生也带着一队人马，抬着一顶花轿，吹吹打打地前来迎亲了。鲁班对黑脸后生说：“别急，我妹妹得先回家梳妆打扮，然后漂漂亮亮地上花轿。趁着我妹妹梳妆的工夫，你先将嫁妆搬过去吧。”

黑脸后生高兴极了，转身就往山下跑。他在身后刮起一阵黑风，吸起那个巨大的香炉飞奔而去。黑脸后生跑啊跑，圆鼓鼓的大香炉就跟在他身后滚呀滚，一直滚到了西湖里。黑脸后生跑到西湖中央，现出原形，一头钻进了深潭。石香炉滚呀滚，滚到深潭边缘时，香炉整个儿翻倒了过来，香炉口一下就将深潭罩得严严实实的。

黑鱼精被罩在香炉里面，闷得透不过气来，他使劲往上顶，希望能顶出一条缝隙，香炉却纹丝不动。他想刮一阵风，被罩在香炉里又跑不开。无奈之下，他只得拼命往湖底钻，希望能钻出去。不过，他往下钻，香炉也随之下陷。他钻得越来越深，香炉也越陷越深，连整个炉身都深深地陷入了湖底，只剩三只葫芦形的尖脚露出水面。黑鱼精在湖底闷得太久，终于在晚上窒息而死。

杭州城的百姓听说黑鱼精死了，纷纷聚集在西湖边上狂欢，庆贺胜利。鲁班兄妹划着船来到湖中央，在石香炉脚上那个三面透光的圆洞里点上烛火，为大家助兴。

以后，每年中秋节之夜，湖中央香炉的三只脚上都会点上烛火，烛火映在湖中，形成许多月影。因此，这里就被人们称作“三潭印月”。

武夷山

武夷山附近地区洪水泛滥成灾，当地百姓为此纷纷出逃，只得在深山里过着茹毛饮血的生活。而此时黄帝的第八代孙篯铿，正在武夷山的幔亭峰上炼丹。

有一次尧帝带领百姓抵御洪水，积劳成疾，一病不起，接连几天粒米未进。就在尧帝生命垂危之时，善于养生之道的篯铿为尧帝炖了一碗营养丰富的鸡汤，救了尧帝一命。篯铿救命有功，尧帝便将彭城赐封给他。

看着武夷山的百姓遭受洪灾，篯铿很难过，他决定开山治水。他风餐露宿，终年累月游走在武夷山上。一年又一年过去了，当他的头发、胡子和眉毛全白的时候，篯铿已经成为远近闻名的开山始祖，被人们尊称为“彭祖”。

因为彭祖开山有功，当八仙在武夷山的棋盘岩上饮酒聚会时，人们就跑去求神仙为彭祖赐寿。后来，彭祖在武夷山上度过八百八十岁生日那天，玉帝将他召到天上做神仙去了。临走时，彭祖依然不忘开山治水的大业，他将一把斧子、一柄锄头和一张弯弓留给了两个儿子，叮嘱他们继续自己未完成的事业。

彭祖的大儿子叫彭武，小儿子叫彭夷。据说，彭武和彭夷一出生便见风就长：

一阵春风吹过，他们就能开口说话；
二遍春雨下过，他们就能站立行走；
三片春茶绽芽，他们就能四处奔跑。

这兄弟俩聪明伶俐，勤劳勇敢，从小跟着父亲翻山越岭，开山治水。

父亲走后，兄弟俩不忘父亲的重托，扛起锄头、提着斧子、背上弓箭就进山了。他们挖呀挖，挖了整整三百六十天，挖出了九曲十八湾，将咆哮的洪水困在河湾里；他们砍呀砍，又砍了整整七百二十天，砍光了一丛丛荆棘，开垦出万亩良田；他们种呀种，又种了整整一千八百天，终于在良田里种植了茶树、果树，还插上了稻秧。兄弟俩取下弓箭，又爬到山上射呀射，射死了山中的虎豹，捉回一群群野兔、野鸡和野猪。

这时候，洪水早已消失得无影无踪，山里呈现出了一派欣欣向荣的景象。兄弟俩又在山道两旁种上各种花草和药材，把这里的山山水水装点得更加美丽。渐渐地，随着山里的居民越聚越多，彭武和彭夷就把良田和庄稼划分给大家，又将野兔、野鸡和野猪送给大家饲养。从此，人们在碧水丹山之间过上了安宁幸福的日子。

彭武和彭夷去世后，人们为了纪念有开山之功的兄弟俩，就将他们的名字合二为一，将这座山命名为“武夷山”。

泸沽湖

很久以前，泸沽湖还是一片美丽的草地，成群的獐、麂鹿、兔子出没其中。每到夏天，草地上鲜花盛开，彩蝶翻飞。夜幕降临时，人们将牛羊赶回圈内，在村口升起一堆篝火，高高兴兴地围坐在篝火边。大伙儿喝着醇香的苏里玛酒，跳着欢快的锅庄舞，无拘无束，自由自在。

村里有一位姑娘叫格姆。格姆勤劳善良，美丽聪慧。她出生第七天就能说话，声音婉转得像鸟儿在歌唱；出生三个月后，她懂得的事情连大人也难以望其项背；而当她三岁时，已经长得美若天仙。

格姆如今已经十八岁了，她不仅

十分美丽，而且心灵手巧。她煮的苏里玛酒又香又甜，香气能够飘到十里之外；她编织腰带又快又好，一天就能织出一百条。她经常坐在草地上，一边织布，一边欣赏周围的美丽景色。天上的云朵、日月、彩虹，地上的鲜花、青草，还有各种飞禽走兽，统统被她编进了腰带。她令所有的小伙子魂牵梦绕，众多追求者将礼物悄悄放在她家门口，很快就堆成了一座小山。尽管格姆没有相中任何一个，却依然善待他们，每个追求者都收到了一条格姆亲手编织的腰带。

一位天神倾慕格姆，也来向她求爱。天神对格姆一见钟情，每天晚上都会骑着白马来到草地，与格姆相会。格姆也深深地爱上了天神。当妈妈入睡之后，她就会悄悄来到草地上与天神相会。两个心爱的人燃起篝火，唱着歌跳着舞，倾诉着绵绵情意。

这天晚上，两人不停地说啊，跳啊；唱啊，完全沉浸在美好的情意中。星星落下去了，月亮沉下去了，东边的天空泛白了，天就要亮了，可是他们谁也没有注意到这些变化。直到一缕阳光照在脸上，他们才从柔情蜜意中惊醒过来。天神一看天已大亮，慌忙告别格姆，骑着马飞驰而去。

天神回到天庭时迟到了，却拒绝说出原因。玉帝心里生疑，就派人前去调查，结果发现天神与凡人相爱。玉帝顿时怒发冲冠，命人用铁链将天神锁起来，不允许他再与格姆约会。

格姆根本不知道情郎是天神，更不知道情郎已经被囚禁起来。晚上，当妈妈入睡之后，她依旧来到草地，但是她没有看见心爱的人。

她想也许他还有点事情没有处理完，便坐下来静静等候。

星星出来了，天神还没来。格姆想他也许刚刚出发呢，便燃起一堆篝火等候着。月亮升上夜空了，依然不见天神的踪影。格姆想他也许正在路上疾驰呢，便唱起一支情歌等候着。星星沉下去了，月亮也沉下去了，东方的天空泛白了，格姆终于知道天神不来了。

格姆非常失望，她决定沿着情郎昨夜留下的马蹄印一路寻找。她想，只要一直沿着蹄印走，就一定能找到他。她走啊走，当走到天神腾空而去的位置时，所有的蹄印突然消失得无影无踪了。格姆站在最后一个蹄印旁，伤心得放声大哭。

天神被铁链锁住，虽然身体无法走开，心里却一直想着格姆。这时，他听到格姆的哭声，心急如焚，便不顾一切地挣扎着。他的胳膊都被铁链磨破了，鲜红的血流了出来，但他咬着牙继续挣扎着。终于，他挣脱了铁链。他悄悄溜出了囚室，顾不得包扎一下血淋淋的胳膊，骑上白马就朝格姆飞奔而去。

当天神快要抵达格姆身边的时候，他却从马背上摔了下来，再也没有一丝力气。他知道自己失血过多，知道自己的生命即将结束。天神望着格姆伤心的面容，拼尽最后的力气从怀里掏出一串珍珠项链，努力抛向格姆，想给情人留作最后的纪念。可是无意间，穿珍珠的羊毛线被扯断了，晶莹闪亮的珍珠顿时滚得遍地都是，有七颗珍珠滚进了他与格姆之间的马蹄印里。当珍珠滚进蹄印时，格姆才发现情郎已经倒在了远远的前方，渐渐化为了一座山。

格姆又伤心又难过，整日站在那里哭啊哭。时间久了，格姆的身体也化为了一座山。她的泪水流进马蹄印，形成了泸沽湖。而那七颗落入马蹄印的珍珠，则变成了七座小岛：里格、安娜俄（达祖岛）、里务比、洛水、博瓦、谢瓦俄和里色。直到今天，格姆山依然屹立在湖边，与心爱的情郎隔湖相望。

人们为了纪念这位深情的姑娘，称她为格姆女神。因为泸沽湖水是女神悲伤的眼泪，所以泸沽湖总是那么柔美和纯净。

黄果树瀑布

很久以前，黔西南有一个深潭。有一年，深潭边上搬来了一对老夫妻。他们无儿无女，虽然整日在田里干活，生活却孤寂而艰辛。老头和妻子商量决定种些果树，等到果子成熟时卖到城里去。他们到山上挖来一百棵黄果树苗，种在了深潭边缘的山坡上。

黄果树一天天长大，郁郁葱葱的枝叶在山风中微微摇动，给这对寂寞的夫妻带来了一丝生机。

第二年春天，黄果树开花了，花朵开得又大又多，花香随风飘散，十里以外都能闻到。夫妻俩一想到秋天将会大丰收，就高兴得睡不着觉。他们天天都会爬上山坡，在这片已经长成小森林的果园里转悠，要么为果树浇浇水，要么为果树捉捉虫。

花儿开了又谢了。一转眼十多天过去了，当初每棵树都开满了花朵，现在却始终不见挂果。老头急得手足无措，在这棵树下转转，又到那棵树下看看。然而，整座果园只有一棵树上结了一个果子。老头非常失望，闷闷不乐地下山去了。从此，他再也没有去过那片果园了。

几天后的一个下午，老头坐在家门口歇息，无意间抬头望了望山坡，发现有一个白衣男子在果园里走来走去。园里没有果子，所以老头也就没有在意。过了不久，白衣男子下了山，径直向他走来。来人三十多岁，瘦得像害了痨病一样，但是两只小眼睛闪着奇异的光。让人一看，就知道他是个精明的商人。

商人来到老头身边，开口就问："老人家，山坡上的黄果树是你的吗？你的黄果卖不卖？"

老头打量了对方一眼说："果树是我的，果子也想卖。只不过，果树只开花不结果，我没有果子卖给你。"

"怎么没有，那上面不是结了一个吗？"

老头想："你这不是在笑话我种不出果子吗？"于是，他气恼地答道："那是做种用的，不卖！"

商人想了想说："我出一百两银子，你卖不卖？"

一百两？老头一下子跳了起来。他辛苦了一辈子，也没见过这么多银子呢。老头非常纳闷地盯着对方，他不知道眼前这个人究竟用意何在，也不知道该如何回答。

商人以为老头嫌少，一下子就将价格提升到一千两，并且马上掏出一个五十两的银锭放在老头手上说："这五十两是买果子的预付款。交果子时，我会一次付清所有余款。不过，你得替我做一件事，不知你愿意不？"

老头收下五十两银子，心里非常高兴，马上答道："什么事？你说吧，只要我和老婆子办得到的，我们都将尽力去做。"

商人对老头说："要你们做的事情很简单，就是你们俩得日夜轮班看护那个果子，不让人摸，也不让鸟儿啄。当果子长满一百天的时候，我自然会前来购买，并将余款付给你们。要记住，这事儿只有你们俩和我知道，千万不能让别人知道了。切记，切记！"

商人走后，老夫妻俩就严格按照他的吩咐去做，日夜守护在果树下。一个月过去了，两个月过去了，那个果子越长越大，就像一个南瓜挂在果树上。眼看着一百天就快到了，然而老夫妻俩也累得够呛。在第九十九天的时候，老头生病了，需要人在家里照顾。老大娘心想：今晚得照顾老头，为了稳妥起见，干脆将果子摘下来吧，反正它早已熟透。而且明天就是一百天，也不差这一天的。于是，她将黄果摘下放到屋里收藏起来。

第二天，商人如期而至，背上还背着一大捆绳梯。他听老头说昨晚就将果子摘下来了，大吃一惊："提前一天摘了？快，拿来我看看！"老头赶紧进屋将又大又黄的果子抱了出来。商人看了一阵，叹了口气说："可惜呀，虽然就差这一天，力气却弱了很多！好啦，既然你们没有按照我的吩咐去做，余款我也就不付了。"

老夫妻俩面面相觑。不过，他们一想到的确是自己的错，而且预付的那五十两银子已经够多了，也就没有和商人计较。老头好奇地问："你要这果子做什么呀？"

商人伸手指着旁边的深潭说："这是开潭的钥匙。这个深潭里有一座宝库，宝库里有许多金银珠宝。这潭上的绚丽彩虹，就是金银珠宝的光芒投射在水面的影子。如果你不信，你就俯身看看潭中，那些在水中晃动的银亮光彩，正是珍珠发出的光芒。千百年来，人们到处寻找打开深潭的钥匙，始终没有找到，因此谁也不曾进过宝库。今天，我终于找到它啦！只可惜，它没有长足一百天，不知有没有足够的力气将深潭打开。事已至此，我也只能试试看了。"

商人背着绳梯抱着黄果，向前走了几步，"咚"地将果子扔进了潭心。奇迹顿时出现：深不见底的潭水刹那间消失不见了，深深的潭底堆满了金银珠宝，正闪动着诱人的光芒。

老夫妻俩应商人的请求，爬上山坡，将软梯的一端在一棵黄果树上系牢，将另一端垂入潭底。商人则带上一个大口袋，沿着绳梯滑到了潭底。只见他不停地将金银珠宝往口袋里塞，很快就将偌大的一个口袋塞得满满的。他又脱下外套，用外套兜了一大包。商人看看实在没法再装了，才背着大口袋、抱着外套沿着绳梯吃力地往上爬去。

商人实在太贪心了，装了那么多金银珠宝，绳梯怎么能承受得了呢？当他爬到第九十九级绳梯时，忽然一声天崩地裂似的巨响，绳梯断了。一股巨大的水流从黄果树的位置奔腾而下，形成一个巨大的瀑布，水流立刻涨满整个深潭，而商人也被瀑布冲了下去，葬身在潭底。

老头看着这一切，叹了口气，从怀中掏出那五十两银锭，断然扔进了深潭之中。他转身对妻子说："这不是我们应得的钱财，我们不要。"

从此，这个大瀑布被称为"黄果树瀑布"。至今，它依然垂挂在那里，源源不断地将水注入脚下的潭中。据说，那些宝藏依然堆在潭底，只不过再也找不到能够打开它的钥匙了。

五、动物故事

了解五彩缤纷的动物世界、生动有趣的动物故事，培养我们对动物的爱心，增强我们保护动物、珍惜动物的责任心，让我们明白善待动物就是善待我们人类自己的道理，从而促进人类与动物的和谐共处。

乌鸦与孔雀

很久以前，乌鸦和孔雀的羽毛全都是白的。

有一天，它们在一棵大树上见面了。

孔雀抱怨说："乌鸦姐姐，您看看别的鸟，羽毛的颜色都很美，有黄的、绿的，还有灰的、乳白色的、褐色的……它们在天上飞时，太阳一照，光彩夺目，多漂亮啊！相比之下，我们的白羽毛就显得太俗气了。"

停了一会儿，孔雀又说："鸟美于毛，人美于装。我们找些染色水，把羽毛染鲜艳，那该有多好啊！"

乌鸦赞同了孔雀的意见。

于是，它们便分头去找染色水。

第二天，乌鸦和孔雀又在原来那棵树上会面了。它们找来了各种颜色的染色水，有红的、黄的、蓝的、黑的，还有淡绿的、粉红的、褐赤色的……真是应有尽有。

乌鸦先给孔雀的羽毛染色。

它给孔雀的每根羽毛都画上了群星绕月的美丽图案，绚丽多姿，光彩夺目。其中，翅膀和尾巴上的花纹最漂亮。

接着，孔雀给乌鸦的羽毛染色：翅膀是黄色，背部是紫褐色，颈部是黑色……

刚涂了一半儿，从附近的村子里传来了刺耳的猪叫声。

乌鸦想："可能是有人在杀猪，先去弄根猪肠子吃吃。"

想到这里，它便对孔雀说："您快点儿染，用不着那样精细。"

孔雀不知道乌鸦的心事，仍然不慌不忙地染着，染得可仔细啦。

猪叫声越来越大，乌鸦心急如焚，坐不住了，便大声催促说："快染！快！快！"

又过了一会儿，乌鸦急不可耐地说："您染得太慢了。把所有的染色往我身上倒，就行了。不必那样讲究。"

孔雀说："您不用着急，还是耐心地等等吧。我会把您打扮得非常漂亮的。"

乌鸦不听，急着要走。

孔雀赌气说："好吧。您说怎么办，就怎么办吧。"

乌鸦急匆匆地舀起染色水就往身上浇。但是，它仍然觉得太费事，太耽误时间，干脆跳进了黑色水里。

从此以后，乌鸦的羽毛就全是黑的了。

骄傲的小狮子

动物协会召开演讲会，请狐狸作“为生存与人类周旋”的专题报告。

狐狸的讲义由四个部分构成，依次是“偷食常识”、“喝水须知”、“识别伪装”和“睡眠注意事项”，涉及天文、地理、人类心理学和生存哲学等多种学科。

大多数动物都听得津津有味，只有一只小狮子不感兴趣。

小狮子搞不懂人类是什么样的动物、个头儿有多大、有什么特殊的本领，以致大象和老虎这些庞然大物都谈“人”色变。

小狮子决心要寻找“人”，与“人”一决高下，让动物们领教领教自己的胆识和能力。

小狮子走出森林，看见一个人赶着一群长角牛，从远处走了过来。

小狮子不认识人，便走上前去，拦住去路，吼道：“你是什么东西，竟胆敢用两条腿走路？我在世上生活了两百多天，从来没见过你这样的动物。”

赶牛人一抬头，见一头雄狮威风凛凛地站在面前，吓得差点儿昏过去。

他小心地回答说：“我是大王从没见过的那一类动物。我没有尾巴，身上没有美丽的皮毛，是动物界里最没本事的一种。求求您，放我过去吧。我很忙呀。”

小狮子不明白眼前这个长相奇怪的家伙有什么可忙的。

赶牛人说：“我要给狗盖一幢房子。因为狗对我们十分忠诚。”

小狮子说：“我从来没见过人，不知道人长得多么可怕。我要和人比试比试，看谁的本领大。”

赶牛人说：“大王总有一天会见到人的。可是，我已经答应狗了，必须先给狗盖房子。”

小狮子说：“狗算什么级别的动物，少啰唆！先给我盖房子，然后再给狗盖。”

说着，小狮子扬起前爪，示威似的左右挥动着。

赶牛人发现，小狮子肚皮上的绒毛十分细嫩，知道它是一只没见过世面的幼狮，胆子立刻大了起来。

赶牛人找来树干，做成了一个特别结实的笼子，请小狮子进去休息。

小狮子摇摇尾巴，很有风度地踱进笼子里。

小狮子刚进笼子，赶牛人立刻将笼门拴死了。

小狮子边挣扎边求饶。赶牛人说：“你这乳臭未干的东西，我就是你要找的人。”

小狮子这才知道“人”的厉害，但为时已晚了。

老鼠装死

北宋文学家苏轼夜读时，听见了老鼠啃东西的声音。他仔细听了听，发现声音是从床下传出来的，就用手在床上使劲儿地拍了几下，想把老鼠吓跑。但是，收效并不大，老鼠仅仅安静了一会儿，又不停地啃起东西来了。这种声音既令人心烦，又让人恼怒。苏轼吩咐书童去捉老鼠。

书童端着蜡烛往床下一照，发现声音是从一个扎着口的袋子里传出来的，便高兴地说道：“哈哈，老鼠在袋子里，肯定跑不掉了！”书童解开袋口，只留出一条狭窄的缝隙，想等老鼠一露头就捉住它。可是，书童等呀等呀，老鼠不仅没出来，而且连一点儿声音也没有了。他非常奇怪，就打开袋口，端起蜡烛往袋子里照，发现里面躺着一只死老鼠。书童惊讶地说：“真是怪事！袋子里分明有一只啃东西的活老鼠，怎么会突然死了呢？如果老鼠原来就是死的，啃东西的声音，又是从哪儿来的呢？”

书童两手抓着袋底往上一提，用力抖了几下，想看看里面还有什么东西。结果，只听“嘭”地一响，老鼠掉在地上。书童刚想弯腰去捡，老鼠一溜烟儿逃走了。

苏轼感到又好气，又好笑，无可奈何地说：“真想不到，一只老鼠竟然能要花招骗人，真是太狡猾、太可恨了。”

小马过河

马棚里住着一匹老马和一匹小马。

有一天，老马对儿子小马说：“你已经长大了，帮妈妈做点儿事吧。”

小马说：“可以。我很愿意帮您做事。”

老马高兴极了，于是它说：“好啊。那你帮我把这半袋麦子驮到磨坊去吧。”

小马驮起口袋，飞快地往磨坊跑去。

跑着跑着，一条小河挡住了去路。

河水“哗哗哗”地流着。

能不能过去呢？小马为难了。它想，如果妈妈在身边，该多好哇。问问妈妈，就知道该怎么办了。

怎么办呢？小马向四周看了看，见一头老牛正在河边吃草。

小马“哒哒哒”地跑过去，问道：“请问牛伯伯，这条河我能蹚过去吗？”

老牛说：“水很浅，能蹚过去。”

小马听了老牛的话，立刻跑到河边，准备蹚过去。

一只小松鼠跳到小马跟前，大声说：“小马，别过河，别过河。河水会淹死你的。”

小马奇怪地问：“水很深吗？”

松鼠认真地说：“当然了。昨天，我的一个伙伴，就是掉在这条河里淹死的。”

小马急忙收住脚步，不知道该怎样做。“唉，还是回家问问妈妈吧！”

小马甩甩尾巴，跑回家去。

妈妈问：“怎么回来啦？”

小马难为情地说：“河水很深，过……过不去。”

妈妈说：“那条河很浅，怎么过不去呢？”

小马说：“是呀，牛伯伯也这么说。可是，松鼠却说河水很深，还淹死了它的伙伴呢。”

妈妈问：“那么，到底是深，还是浅呢，你仔细想过吗？”

小马说：“没……没想过。”

妈妈亲切地说：“老牛和松鼠的话都有它们的道理。老牛高大，看河水当然很浅。松鼠矮小，当然说河水很深了。”

妈妈接着说：“你比老牛矮多少，又比松鼠高多少，仔细想一想，就知道你能不能过河了。孩子，光听别人说，自己不动脑子，不去试试，是不行的。”

小马明白了，转身又往河边跑去。

到了河边，小马刚刚要下水，松鼠又叫起来：“你不要命了。”

“让我试试吧。”小马一面说，一面走下河，蹚了过去。

小马这时候才明白：原来，河水既不像老牛说的那样浅，也不像松鼠说的那样深。

小鼠和大象

很久很久以前，世上有一只小老鼠，它有一面镜子。那可不是普通的镜子，而是一面奇怪的哈哈镜。不论谁照，都能够将它显得仪表非凡，而且能放大许多倍。这只自命不凡的小老鼠经常在这面奇特的镜子前自我欣赏，总觉得自己很了不起，举世无双，形象高大，气力无穷。

小老鼠瞧不起同类，不愿和别的鼠玩耍，甚至不跟它们开口说话。它总是坐在一个角落里，装腔作势，搔首弄姿，或者理着小胡子，或者用爪子在地上拍打几下，然后再把耳朵贴到地面上听一听地球是不是在抖动。

这小家伙根本没有想过世界上能有谁比它更强大有力。这是一只多么自负的小老鼠啊！

小老鼠有一个饱经世故的姑妈，有一天姑妈告诫它说："好侄子，你可要注意，现在大家都说你过于骄傲，自以为是兽类中的佼佼者。当心点，大象是不喜欢你说大话的。"

"大象？大象是个什么东西！让它马上过来，我要叫它粉身碎骨！"

姑妈见多识广，听了小鼠的话，觉得很可笑，便语重心长地对小老鼠说："大象是世界上最大的动物。还没有听说有什么兽类不怕它呢！"

小老鼠很不服气，大声叫嚷道："大象比我还强大，这是绝不可能的！"一说完，他就出发去寻找大象，想同大象比个高低，较量一番，顺便让大家看看谁才是"动物之王"。

在一块林间空地上，它遇见了一条绿色的蜥蜴。

"你是大象吗？"老鼠问。

"不，我是蜥蜴。你找大象做什么？"

"那算你走运。如果你是大象，我非把你碎尸万段不可。"

看见小老鼠这样狂妄自大，蜥蜴禁不住哈哈大笑起来。这可惹恼了小老鼠。为了表示自己力大无穷，它就把小爪子往地上顿了顿。说也凑巧，偏偏这时候打了一个响雷，蜥蜴吓了一跳，慌忙溜到石缝里藏了起来。它还以为这是小老鼠发出的一声巨响。"真是力大无穷啊！"小老鼠自鸣得意，大摇大摆地走开了。

小老鼠往前走了不远，又遇到了一只甲虫。

"喂，你大概是大象吧？"小老鼠问。

一提起大象，甲虫显得很胆怯，连忙摇头否认说："不，不。我可不是大象。我是甲虫。"

"那就算你福星高照。不然的话，我非把你踩成烂泥不可。"

甲虫听了小老鼠的自吹自擂，只是冷笑了一声。这时候老鼠又把爪子高高举起，使劲往地上一拍，但是这一次却没有听到雷鸣般的声响。它又使劲地顿了顿足，仍然连一点轻微的响声也没听到。小老鼠想："可能是土地太潮湿，发不出声音来。"

小老鼠又跑向别的地方。刚走不远，它就看到树下有个怪模怪样的家伙，一副愁眉苦脸的样子，伏在地上一动也不动。它想：这可能就是大象，它看见了我，知道自己马上就要倒霉，所以才愁眉不展。

小老鼠轻蔑地问了一声："快说

实话，你是不是大象？”

那个动物笑着回答说：“我不是大象，我是狗——是世界主宰者的忠实朋友。”

“谁是世界的主宰？”

“当然是人。”

“原来如此。算你幸运，如果你是大象，免不了要遭殃。不过我要你记住：世界的唯一主宰者是我，而不是人！你最好收回自己刚才讲过的话。”

狗想嘲弄一下这位吹牛大王，于是说道：“你说的对极了，伟大的动物！连人也要为你效劳——他们种出来的粮食由你来糟蹋掉。”狗说完便走开了。

小老鼠继续往前走，来到了密林深处。它看到了一个动物像小山一样高大，腿像树干一样粗，似乎是前后两头都长了尾巴——前面的略长，后面的稍短。

“你是大象吗？”目空一切的小老鼠倾尽全身的力气高声喝问。

大象往四面张望了一下，什么也没有看见。当小老鼠跳到一块大石头上的时候，大象才发现了它。

“是的，我是大象。”

“你胆敢嘲笑我，无视我的存在，而且你还吓了我一跳！”

小老鼠用小爪子拍打着石头，大声尖叫着，但是这一次仍然没有发出雷鸣般的巨响。

小老鼠的愤怒在大象那里并没有引起任何反响。大象泰然自若，无动于衷。他不慌不忙地吸满了一鼻子水，把水喷向狂妄的小老鼠。一股巨大的水柱把小老鼠从石头上冲了下来。小家伙灌满了一肚子水，几乎呛死。

小老鼠终于清醒过来，勉强地爬出水洼。它完全没有料到和大象的决斗竟会这样收场。他一跛一拐地回到了家。

从此它知道了世上有比他强大得多的动物，它再也不敢自命不凡了，也不对着那面宝贝镜子孤芳自赏了。

（土耳其）

猴子与螃蟹

在一个晴朗的日子里，一只猴子在路上散步，走着走着，突然觉得肚子好饿好饿。于是，它一边走一边想：如果能在地上捡到好吃的东西的话，那该有多好啊！“有了！有了！”猴子捡到了一颗柿子的种子。可是，它看了看种子，摇摇头说：“不行啊！这颗种子太小了，根本吃不饱。”于是，猴子便拿着种子，继续往前走去。

忽然，猴子看到路的那端，有一个大饭团慢慢地向他这边滚过来，它便十分高兴地跑了过去，想抓住那个滚动的大饭团，心里想：真是太神奇了！香喷喷的饭团一定很好吃，吃了它，就不会饿肚子了！饥饿的猴子一边流着口水，一边加快脚步，往前面跑着，希望能快点拿到那个好吃而且可以填饱肚子的大饭团。

“不行！不行！”猴子听到饭团后面有小小的声音说，“这是我的饭团！你不可以把它抢走！”它仔细一看，原来是一只小螃蟹正辛苦地搬着那个饭团。猴子说：“可是，我肚子好饿啊！分一点给我吃吧！”螃蟹摇摇头回答它说：“不！我不能把饭团分给你吃，因为，如果我把饭团给了你，在家里等我的螃蟹宝宝们就没有东西可吃了。”

“那么，我用我在路上捡到的柿子种子和你换那个饭团，好不好？”猴子装出一副十分可怜的样子，螃蟹看了看种子说：“不行！那种子根本不能吃！”猴子紧接着说：“可是，如果你把种子种在泥土里，勤劳的浇水，那么，不久，它便可以长成大树，每天都可以吃到很多红柿子呀！而这个小饭团一吃掉，可是什么东西也没留下来的。”

螃蟹听了后，不但觉得猴子的话很有道理，还认为猴子非常的聪明。于是，它就用饭团和猴子交换了那颗小小的柿子种子。猴子心里想：想不到事情进行得那么顺利，这只笨螃蟹这么容易就上当了，这下子，我可以好好享用这个香喷喷的饭团了！猴子一拿到饭团，立刻张开了嘴巴，大口大口地把饭团吃光了。“真是太好吃了！”猴子拍拍肚皮对螃蟹说，“螃蟹妈妈，你要好好的把种子种到泥土里去哟！还要记得水，不久，你和你的螃蟹宝宝们就可以吃到许多又香又甜的红柿子了！”猴子说完，便笑着走掉了。螃蟹妈妈不知道自己上当了，还把种子当成宝贝一般，她心想：我带了这么好的种子回去，宝宝们一定也会觉得非常高兴。

螃蟹妈妈回到家里以后，很高兴地把事情的经过，详细地告诉了螃蟹宝宝们。然后，她便带领着小螃蟹们，来到了屋后的院子里，非常小心的把柿子种子埋在泥土里，而且，还十分仔细地替它浇水。

“快发芽吧，快发芽吧！如果你不赶快发芽，我们就用锋利的剪刀，把你剪成两半！”螃蟹们围着种子，不停地唱着，希望种子快快发芽，快快长大。埋在泥土里的种子听了十分害怕，便努力吸收水分，拼命地生长着。因为，如果被剪掉，那是一件多么可怕的事啊！不久，种子便冒出绿色的嫩芽，螃蟹们又围着芽唱道：

“嫩芽，嫩芽！快快长大！如果你不快点长大，我们就用锋利的剪刀，把你的嫩芽剪断！”嫩芽听了螃蟹的话，更加努力地长大，不久，便长成一棵好大好高的柿子树。

柿子树愈长愈高，愈长愈大，螃蟹们又开始唱道：“大树，大树！赶快长出又香又甜的红柿子吧！否则，我们就用锋利的剪刀，把你的树叶剪光，树干也剪断！”螃蟹们一边浇水一边不停地唱着，不久以后，柿子树果真结了好多好多的红柿子，饿肚子的螃蟹看到满树好吃的果实，心里十分高兴，它们的辛苦浇水和歌唱终于有了丰富的收获。

“肚子好饿啊！可是，树长得太高了，我们采不到好吃的红柿子！”螃蟹妈妈搬来了一个长梯子，螃蟹宝宝们也用上了长竹竿，希望能采到树上的红柿子。但是，柿子树实在是太高了，小螃蟹们只好站在柿子树下，不甘心地看着高挂在树上满满的柿子。

就在螃蟹们十分失望的时候，狡猾的猴子看到了满树上又红又大且十分诱人的柿子，马上就想到了一个办法，于是便非常高兴地走到柿子树下来。

“这棵柿子树长得好高啊！你们采不到柿子是吗？我最拿手的就是爬树了。我来替你们采柿子吧！”

“真的吗？你真好！那就麻烦你替我们采柿子吧！我们都快饿坏了呢！”

于是，螃蟹们站在树下，看着猴子轻快地爬到高大的柿子树上。猴子爬上柿子树之后，很高兴的大声说：“树上结了好多好多的红柿子啊！真是太棒了！一定非常的可口！”

贪心的猴子一边采一边吃，螃蟹妈妈和螃蟹宝宝们站在树下直流口水。“猴子先生啊！你别只顾着吃柿子呀！我们的肚子也好饿呢！你赶快采几颗成熟的红柿子，丢到树下来给我们吃吧！你说过要帮我们采柿子的，不是吗？”螃蟹们大声地对着树上的猴子说。但是，猴子却自私地吃着好吃的红柿子，假装没听见树底下螃蟹们说的话。

螃蟹妈妈和螃蟹宝肚子愈来愈饿，只好不停地对树上的猴子叫道：“你好坏呀！一个人在树上吃得津津有味的！我们的肚子也很饿啊！你应该采几颗红柿子丢下来给我们吃才对的！”

猴子听了，很生气地说：“啰唆！你们想吃柿子吗？那就吃这种涩柿子吧！”说完，就采了好多青柿子，往树下的螃蟹们身上用力地扔下去！又硬又涩的青柿子，打中了树下的螃蟹妈妈，螃蟹妈妈又累又饿，被青柿子打中后，马上就昏倒在地上。螃蟹宝宝们大吃一惊。“妈妈！您怎么了？醒醒啊！妈妈，你不能死啊！”螃蟹宝宝一边哭一边将昏倒的螃蟹妈妈抬回家。

幸运的是螃蟹妈妈没有被涩柿子打死。伤心的螃蟹宝宝们，就十分仔细地照顾妈妈，希望螃蟹妈妈能早一点恢复健康。

第二天，螃蟹们的三个好朋友栗子、蜜蜂和石臼来探望它们，看到受伤的螃蟹妈妈，便问小螃蟹们：“到底发生了什么事啊？”螃蟹宝宝把事情的经过告诉了栗子、蜜蜂和石臼三个好朋友。三个好朋友听了非常生气地说：“这只猴子实在太可恶了！不但狡猾而且又那么的贪心！我们一定要想个法子，非好好地教训教训它不可！”于是，它们三个便来到猴子的家里，贪心的猴子正好不在家。“我们就留在这里，等它回来再好好教训它吧！”

三个人商量好了以后，石臼就到门口上头的屋顶上，栗子则躲进火炉里的灰烬当中，蜜蜂找到了一口大水缸，就偷偷躲在水缸里面。就这样，三个十分生气的好朋友，决定好好教训这只既贪心又狡猾的坏猴子。

不久以后，猴子回来了。“好冷的天气啊！快把我冻坏了！我要赶快生把火，烤烤冰冷的屁股。屁股冷冷的，一不小心会感冒的，到时又发烧又咳嗽，一定会很难过的！”猴子放了几根柴火到火炉里，很快地生起一团红色的火焰。它坐在火炉边，烤着冰冷的屁股，三个好朋友看到它正在烤屁股，便决定趁机好好地教训它！

首先，躲在灰烬中的栗子，被火焰愈烤愈红，“啪”的一声，很快地从火中弹跳出来，撞上猴子冰凉的红屁股！不知情的坏猴子以为是火太大，被火苗烫到了，痛得大叫：“这火怎么突然烧过来呢？烧得我的屁股又红又痛的！受不了了！痛死我了啦！”被栗子烫到的猴子一边叫着一边跑。“水！水！不泡泡冰水，我的屁股会烧焦的！”

猴子跑到水缸旁边，想用冰水好好的冰一下被烫伤的红屁股。“好机会！这下子该我这个蜜蜂朋友上场了！”说完，躲在大水缸里的蜜蜂便拿着它长长的刺，往猴子火红的屁股上，用力的刺下去。

“好痛啊！痛死我了！水缸里怎么会有蜜蜂呢？我的屁股好痛啊！”猴子又叫又跳的，在屋子里团团转，它的屁股也愈来愈红，愈来愈痛了！最后，猴子痛得受不了了，便急急忙忙的冲到屋子外面去。

这时候，躲在大门屋顶上的石臼说：“现在，该我上场了！”就在猴子经过大门的时候，“砰”的一声，重大的石臼压住了想要逃跑的猴子。

"这下子看你往哪里逃！你这只猴子实在太坏了！竟敢用那么狡猾的方法，欺骗善良的小螃蟹们，看你下回还敢不敢做坏事。"

栗子、蜜蜂和石臼三个对猴子说："被你用又硬又涩的青柿子打昏的螃蟹妈妈，现在还躺在床上，它所受的痛苦，比你现在所吃的苦头多好几倍呢！"这时候，螃蟹宝宝们也来了。"谢谢你们！你们三个人都是我们的好朋友，真是谢谢你们替我们教训了这只坏猴子。"

猴子听了栗子、蜜蜂和石臼的话以后，也很惭愧地说："对不起！""怎么样？你以后还敢不敢再做坏事，欺骗别人呢？""不敢了！不敢了！我以后再也不敢做坏事了！"

改过向善的猴子跟着三个朋友到螃蟹家，跟螃蟹妈妈和螃蟹宝宝道歉后，很快地爬到高高的柿子树上，采了好多好香又甜的红柿子，然后很诚恳地对栗子、石臼、蜜蜂以及螃蟹们说："好多好吃的红柿子，请大家尽情地吃吧！"

狐狸、狼和熊

从前，有一个老大爷和一个老太婆。有一天，老大爷出去打鱼，他打了满满的一篮子鱼后就赶着马儿回到家里。他走过一片森林时，一只狐狸看见了大爷，心想：让我来欺骗一下这个老头子，偷走他的鱼。

于是，狐狸躺在大路上装死。大爷从大车上下来，用脚踢了一下狐狸，狐狸气也不喘。

"运气真好！"大爷说，"拿去给老太婆做件皮袄。"

大爷把狐狸扔在大车上，赶着马儿走了。他一边走，一边吹口哨。而狐狸在后面把鱼一条又一条扔下大车。等把鱼都扔光后，狐狸跳下去，拾起鱼，跑回家去了。狐狸到了家里，开始熏鱼，准备过冬。

再说，大爷回到家里后，对老太婆说：

"老太婆，你把旧皮袄扔到火里去吧，我给你带来了新的。"

于是，老太婆烧掉了旧皮袄，然后，走到院子里去看新皮袄。她在大车上找了半天，可既没有鱼，也没有皮袄。

这时大爷才明白是怎么回事，但已晚了。老太婆骂道：

"你这个老混蛋，你为什么捉弄我？快再去捉点鱼，带根棍子去。"

老大爷没办法，只得听老太婆的话，拿了一根枣木棍，又到海边去打鱼了。他又打了一满篮鱼回家了。他走到森林里想：现在我倒要看看，到底谁更狡猾，是狐狸还是我。老大爷一边赶车，一边直着嗓子唱，他想让狐狸听见：

鱼儿，鱼儿，真肥！

枣子，枣子，真甜！

锅里的水一开，

就是美味的鱼汤！

这时，森林里忽然来了一只饿狼，站在大爷面前，露出牙齿，说：

“我三天没吃东西，我要吃掉你，你马上要完蛋。”

老大爷吓得连枣木棍也忘记了，不过即使拿起棍子又怎么敌得过狼。所以大爷只好另外想办法脱险，他说：

“狼亲家，请原谅我，不要吃我！我的老太婆没有我怎么过日子呢？没有人给她打鱼，她要饿死的！这匹马你也不能动，我没有它，就等于没有双手，我靠它运木柴，到海里打鱼。你把鱼拿去吧，上帝保佑你。”

狼想：我收下鱼，人和马不动它，那么第二天我又可以吃鱼了。

于是，狼把鱼都吃光了，吃得饱饱的，然后，离开大爷走了。

大爷回到家里，把事情的经过全对老太婆讲了。老太婆要比老大爷聪明，她先骂了老大爷几句，然后给他出了个主意：

“你这个老头啊！你真笨！你是胆小鬼是不是？你应该拿枣木棍打狼的头。”

“老太婆，你想想吧，哪里听说过人能用木棍对付狼的？这种勇士可还没出生。”

老太婆想了一下又说：“好吧，你再去打鱼，随身带把斧头去。狼来时，你用斧头朝狼的头上劈去，除掉了狼，把它扔在大车上，狼皮不比狐皮差。”

大爷拿了斧头，赶着车到海边去打鱼了。老大爷装满了一篮子鱼，就赶着马儿回村去了。当他的车进了森林后，他就手握斧头，准备迎战狼。你猜，结果怎样？森林里跑出来一头凶残的熊，它在路当中，用后脚站着，咆哮着，声音震耳欲聋。老大爷吓得扔了斧头，向熊哀求，说：

“熊亲家，行行好吧，不要吃我！我的老太婆没有我怎么办？没有人给她打鱼，她要饿死的。我的马你也不能动，我失去它，就如失去了双手。你把鱼都拿去吧！”

熊听了老大爷的话，吃光了全部的鱼，就到森林里，躺在树墩旁。

老大爷回到家里，身体还是吓得发抖，他给老太婆讲了熊的事，一边讲，一边牙齿在打架。老太婆发火了，又骂着说：

“世界上找不到你这种胆小鬼！你为什么不用斧头砍熊？”

这时，老大爷生气了：

"你那么勇敢，那你去砍!"

老太婆想了想，说：

"老头子，你说得对，斧头对付不了熊，你还是带把枪，再去打鱼。熊一来，你向它开枪，一张熊皮可做两件衣服，你一件，我一件。鱼，我们晒干，冬天不至于饿肚子。"

老大爷听了老太婆的好主意，第四次去打鱼了。他打满了一篮子鱼，就往家走了。当老大爷走到森林里，正好碰到狐狸躺在大路上装死。老大爷用枪托打它的头，然后把它捡起来，扔到大车上。过了一会儿，狼又来了，老大爷向狼打了一枪，打中了，然后把狼扔在狐狸旁边。后来，熊又来了，站起后脚，向老大爷大叫，叫得树叶窸窣作声，老大爷不理它，又一枪打死了熊，他跳下车，把死熊搬上大车，歪戴着帽子，赶着马儿回家去了。

老太婆坐在门槛上等老大爷。老大爷回来了，老太婆一看，大车里有鱼、有狐狸、有狼、有熊。老太婆心里高兴极了，对老大爷说：

"早该如此了! 你要是再聪明一点，我们就有四篮子鱼了。不过不要紧，鱼游不掉的，还是在海里。只要你身体好，还能捉鱼，这次鱼也打了不少，够了。"

鱼真的不少。老大爷与老太婆吃了三天，还没吃完。后来，又送给邻居许多鱼。他们用狐皮、狼皮、熊皮做了暖和的皮袄，一直穿到现在。

(保加利亚)

白马的故事

从前有一个穷人，他有一匹白马，别的什么也没有。他每天把白马赶到磨坊去，套在传动带上，白马就驯服地绕着圆圈走，拖动传动带，后面的磨石就跟着转动起来。

就这样，一天又一天，穷人一年到头叫白马磨粮食。可怜的白马感到腻了。一天，它对主人说：

"我的主人，为什么别人的传动带上套两匹马，在这个磨坊里只有我一匹马在苦干，整天走圈子，转动沉重的磨石?"

"我的马儿，"穷人答道，"原因很简单，因为我没有别的马可以同你套在一起，小牲口也没有，甚至连一只小虫也没有。"

白马对主人说：

"如果只是这些原因的话，那就好办多了，我希望你放我走，我会替你找到帮手的。"

穷人马上解开自己的白马，马在主人眼睛看得见的地方走动。白马走啊，走啊，突然看见一个狐狸洞。白马灵机一动，马上决定：躺在狐狸洞口边，装死。

狐狸洞里住着一只老狐狸和三只小狐狸。最小的一只想到洞外去，她走到洞口，看见了白马，还以为外面下雪了。小狐狸回到老狐狸身边，说：

“哎哟，妈妈，现在出不去了，外面下雪了！”

“下什么雪？”老狐狸感到惊奇，“外面是夏天，不下雪。孩子走吧。”

接着，老狐狸对老二说：

“你年纪大些，去看看，外面是什么情况。”

于是老二去了。他也看见洞口躺着一匹白马，老二回到母狐狸身边也说：

“哎哟！妈妈，真的出不去了，外面下雪了。”

“现在正是盛夏季节，下什么雪？”母狐狸生气了，她对老大说：

“老大，你去看看。你已经见过外面的样子了，不要与弟弟说一样的话！去看看外面是什么情况。”

老大走了，但是回来报告的情况依然如此。

“是的，妈妈，”老大急急地说，“外面确实是下雪了！白茫茫的一片。”

“那不可能！”老狐狸说，“盛夏季节怎么会下雪！”

于是，老狐狸亲自到洞口去，一看，不是雪，而是一匹白马躺着。老狐狸想：怎么把白马拖得远一些呢？她叫孩子们来帮忙，四只狐狸一起搬，可是白马一动也不动。

老狐狸决定去找狼亲家。她找到了狼，说：

“我的亲家，我弄到了一块很好的食物，已经拖到了洞口，可是怎么也拖不进洞里。我想，你的洞大，也许拖得进。吃的时候，我们平分。”

狼听说有好吃的东西，心里大喜，但又想：要是肉到了我的洞里，狐狸就一块也吃不到了！

他们走到了白马躺着的地方，狼看到后疑惑起来，说：

“亲家，你说说，怎么才能拖到我的洞里去？”

“这很简单，”狐狸答道，“就像我把白马拖到这里一样拖。当时，我的尾巴系牢它的尾巴，一个坑一个坑地拖。我可拖得不容易啊！现在让我来把它的尾巴系在你的尾巴上，你拖起来，快得多了。”

“这很好。”狼打定了主意，马上同意了。

狐狸把狼尾巴牢系在白马的尾巴上。

“亲家，让我们一起来拖吧！”

狼拖了一下，尾巴差点拖断，痛得要命，可是白马还是一动也不动。

狼用足力气再拖。突然白马一跃而起，奔跑起来。白马拖着狼的尾巴，经过一个坑又一个坑，一直拖到穷主人的家里。

“主人，收下吧，我给你找来了帮手。”穷人马上宰杀了狼，狼皮卖了许多钱，然后用这笔钱买了第二匹马。从此以后，白马再也不用单独转动磨坊的磨石了。

（波兰）

小　猫

从前，有一个女人，她有一个亲生女儿和一个丈夫的前妻生下的女儿。她对待丈夫前妻生的女儿如同对待驮载货物的驴子一样，繁重的活都叫她干。

有一天，后母叫前妻生的女儿去采菊苣。姑娘走啊，走啊，菊苣没采到，却找到了一颗非常大的花菜。她拔呀，拔呀，好不容易才拔了起来。她一看，花菜下面有一口井，边上有一架小梯子可以通到下面，姑娘顺着梯子下去，到了一间房子里，里面都是小猫。它们在做家务：一只猫在洗衣服；另一只猫在打水；第三只猫在缝衣；第四只猫在洗碟子；第五只猫在揉面粉。姑娘向一只猫要了一把扫帚，扫好了地，然后又帮助另一只猫洗衣服，帮助第三只猫把水桶从井里吊上来，帮助第四只猫把面包放在炉子里。

中午时分，小猫的母亲来了，它摇了摇铃：

“叮咚，叮咚！

小猫们，进屋来！

谁干活，坐着吃饭，

谁不干活，眼看着别人吃！”

小猫们说：

“妈妈，我们都干活了。但是这个姑娘干得最多。”

“聪明的姑娘，”猫妈妈说，“请坐下来，同我们一起吃。”

他们在桌子边坐了下来，姑娘也同小猫坐在一起。猫妈妈给了她肉、通心粉和烤小鸡，给自己的孩子只是煮菜豆。姑娘不想一个人吃那么多的菜，她把猫妈妈给她的食物分给小猫们一起吃了。

大家吃完饭，姑娘收拾桌子，洗盘子，扫地，把房间整理好，然后对母猫说：

“猫太太，谢谢。现在我该走了，不然的话后母要骂我的。”

猫妈妈回答说：

“姑娘，你等一等，我想送你一件礼物。”

房子旁边有一个仓库，在一个角落里放着很贵重的衣服：绸衣服、天鹅绒鞋子；另一个角落里是家织的土布、裙子、上短衣、围裙、花头巾和生皮做的皮鞋。

"随你选吧！"猫妈妈说。

可怜的姑娘一直是赤脚走路的，衣服穿得也很破烂，所以她要求说：

"请你给我家织土布的衣服，以及皮鞋和围巾。"

"不行！"猫妈妈说，"你照顾我的孩子，我要给你最好的礼物。"

猫妈妈拿了一件漂亮的绸缎衣服、一块最好看的头巾和一双熊皮做的鞋，给姑娘穿在身上，说："你从这里走出去，就会看见一座墙头，墙上有个洞，你把手指伸进去，然后抽出指头看！"

姑娘根据猫妈妈说的话，走了过去，把手指塞进洞里，再抽出来一看，她手上的每只手指上都戴满了金戒指，而且一只比一只漂亮。她抬起头，一颗星落在她的额上。

前妻生的女儿回到家里，就像盛装的新娘子一样。

"谁给你那么好的东西？"后母问。

"啊，妈妈，我无意中走到了猫的家里，帮助猫做家务，它们就给我这么多的礼物。"

后母听了，打发自己的亲生女儿也去要礼物。

"女儿，你去吧，去吧，去吧。你也会得到你姐姐一样的好东西。"

"我不想去。"懒惰的女儿说，"我哪儿也不想去！外面很冷，我要在炉边烤火。"

但是，母亲用棍子把女儿撵出了家门。懒惰的女儿在田里走，拔到了一颗花菜，拔起来，下面也有一口井。她就到了猫的家里。她看到一只猫，拉拉它的耳朵、尾巴，看见另一只，又拉拉它的耳朵，把第三只猫的胡子拉断了，给缝衣的猫弄断了针，把挑水的猫的水桶掉到了井里去。整个上午她只是妨碍猫干活，小猫们气得可怜地叫着。

中午，猫妈妈带着铃来了：

"叮咚，叮咚！

小猫们，快进屋！

干活的猫，在桌边坐下，

没有干活的描，看着人家吃饭。"

"妈妈，"小猫们说，"我们要干活，这个姑娘拉我们尾巴，折磨我们，不给我们干活！"

"原来如此！"猫妈妈说："请到桌子边来！"

猫妈妈把在米醋里浸过的一只麦饼，给了姑娘，而给小猫吃通心粉烧肉。姑娘就从小猫的盘子里拿小菜吃。大家吃完饭，她也不想洗盘子，对猫妈妈说：

"现在我应得到你给我姐姐的一切东西。"

猫妈妈带她到仓库里，问她要什么：

“这是最漂亮的衣服！这是高跟皮鞋！”

“不，不！”姑娘说，“我穿那种土布衣服吧，还有挂在钉子上的穿坏了的生皮鞋子吧！”

然后猫妈妈又把破围巾系在她头颅上，送她出门，告别时对她说：

“你出去后，把手指伸进洞里，然后抬起头。”

姑娘出去了，把手指伸进洞里，她手指上绕满了软体虫，她马上缩回来，但没有用，虫缠得更紧了。她抬起头，见一头水蛭正好掉在她的脸上，吸住了她的嘴唇，为了摆脱它，她只得咬断一段水蛭。姑娘回到家里，母亲看见她变成了这副样子，顿时气死了。后来她也死了，因为她吃下了水蛭。而善良、勤劳的前妻女儿却嫁了一个好丈夫。

（意大利）

骆驼为什么有驼峰

在这故事里，我要告诉你们，骆驼背上的驼峰是从哪里来的。

在很久很久以前，整个地球才刚刚形成，许许多多的动物从一开始就为人做事。但在荒凉的沙漠里有一头骆驼，它不想干活。它每天吃干燥的带刺植物、枯黄的树枝，什么活也不想干，真是不知耻的懒汉！人家无论对它说什么，它总是回答说：

“嘎——尔！”

除了“嘎——尔！”外，别的什么话也不说。

有一天，一匹马走到骆驼面前，说：

“骆驼啊，你到人那里去干活吧！”

“嘎——尔！”骆驼叫了一声，不说话了。马回到人那里，把这情况告诉了人。

不久，一条狗到了骆驼那里。狗的嘴里咬着一根棍子，狗对骆驼说：

“骆驼啊，骆驼！去找人吧！去学会像我们一样跟人一起去打猎吧。”

骆驼“嘎——尔”叫了一声，不说话了。狗回到人那里，把一切情况都告诉了人。

不久，一头牛来到骆驼那里，牛颈上挂着轭，它说：

“骆驼啊，骆驼！到人那里去，像我们一样耕地吧。”

骆驼“嘎——尔”叫了一声，不说话了。牛回到人那里，把情况告诉了人。

晚上，人叫马、狗和牛来，对它们说：

“马、狗和牛，我很可怜你们。那头在沙漠里只会叫‘嘎——尔’的动物什么活也不会干，就让它住在沙漠里，我不会去碰它的。但你们要加倍干活，要为自己和代它干活。”这时，马、狗和牛大为不满，它们到沙漠边上去，高声讨论它们该怎么办，接着，又大声吠叫、嘶鸣，惊动了骆驼。它走过来了，懒洋洋地嚼着干草，开始嘲笑它们，然后说一声“嘎——尔!”就走开了。

这时，一个妖精在尘土飞扬的路上走过，它是全部沙漠的统治者。妖精看到它们后，就停下来跟马、狗、牛谈了几句，马说：

“全沙漠的统治者！如果说，世界才刚刚形成，正有许多事情要做，那么谁有权游手好闲呢?”

“谁也不能。”妖精说。

“有一个。”马说，“在你的荒凉的沙漠里，有一头动物，头颈长长的，脚也长长的，它从不想干活，也不想跑快步，真是一点也没道理!”

“嘘!”妖精吹了一声口哨，“这是我的骆驼，我以阿拉伯土地上的金子起誓，它经常说些什么话?”

“它只说一个词：‘嘎——尔!’”狗说，“除这以外，就再也没有了。它也不愿意帮助别人打猎。”

“它还说什么?”妖精问。

“它还不愿耕地。”牛回答说。

“好极了!”妖精叫道，“请你们等一下，我马上给骆驼看‘嘎——尔’!”

它穿上灰尘做的斗篷，疾行到沙漠里，在那里找到了骆驼。骆驼正欣赏着水洼里自己的像——一个无耻的懒汉。

“我的滑头长脚朋友!”妖精说，“我听说，你不想在新的世界里干活，这是什么道理?”

“嘎——尔!”骆驼回答说。

妖精坐在沙地上，用手撑住下巴，开始施妖术了。而骆驼仍然站着，好像没事一样，继续欣赏自己在水中的影子。

“这个词你不感到说腻了吗？无耻的懒汉，我希望你去干活。”

“嘎——尔!”骆驼又叫道。

突然骆驼那背部肿了起来，它的背上耸起了一个极大的、坚硬的驼峰。

“你自己欣赏吧!”妖精说，“这就是你常常叫的‘嘎——尔’！峰长在你身上，是因为你是一个不知耻的懒汉！现在你快开始干活吧!”

“我身上有个那么大的峰怎么干活呢?”骆骆问。

“这是对你的惩罚，”妖精说，“是因为你荒废了时间。现在，你不用吃任何食物，干三天活。因为你可以吃自己的峰。从此以后，我希望你不要说我不关心你。现在你离开沙漠，到马、狗、牛那里一起去生活、劳动！”

就这样，骆驼带着自己的峰走到马、狗、牛那里去，直到现在它还是带着自己的峰。

（英国）

贪婪的小熊

在玻璃山那面，有一片丝绒般柔软的草地，草地后面有一片无人通行的密林，密林深处有一头老母熊，它有两个孩子。

小熊长大了，决定一起去周游世界，寻找幸福。两头小熊向母亲告别。老母熊拥抱了两个孩子，嘱咐它俩要永不分离。

熊孩子离开了母亲，走了一天又一天，带的粮食终于吃完了。熊孩子饿得垂头丧气，蹒跚走着。

“唉，哥哥，我多么想吃点东西啊！”熊弟弟诉说道。

“我比你更想吃！”熊哥哥伤心地摇摇头。

熊孩子走啊，走啊，突然看到路旁放着一大团奶酪。弟兄俩想分得公平点，但是无法分，因为它俩都很贪婪，都怕对方分得多。

正当熊兄弟争吵、谩骂、咆哮时，狐狸走了过来。狐狸问：“熊孩子，你们争什么啊？”熊孩子向狐狸诉说了自己的苦衷。狐狸听了后说：“这有什么难的，让我来给你们平分！你们弟兄俩对我来说都是一样的。”“好啊！”熊孩子高兴地喊道，“请您分吧！”

狡猾的狐狸拿起奶酪，分成两块，一块明显比另一块大。

“这一块大！”熊孩子一齐叫着。

狐狸安慰说：“安静些，熊孩子。你们缺少耐性，我马上解决。”狐狸从大的一块奶酪上咬下了一大口，吞进肚里。这样，大的一块反而比较小了。

“现在还是不相等！”熊孩子不满地叫了起来。狐狸责备地望了他们一眼，说：“够了，够了，我知道怎么办的。”于是又从大的一块上咬下一口，大的又变成小的了。

“还是不相等！”熊孩子焦急地喊着。“这可免不了！”狐狸困难地转动着舌头说，因为她满嘴都是美味的奶酪。“还差一点点就一样大小了。”

奶酪就这样分下去，从大块到小块，从小块到大块，一旁的熊孩子馋得直淌口水。

狐狸分着分着，直到肚子吃得饱饱的，两块奶酪总算一样大小了，不过熊孩子几乎没吃到奶酪——留下的两块小极了！

“这有什么关系！”狐狸说，“虽然小小点，可是大小一模一样。熊孩子，祝你们好胃口！”狐狸说完，“哧哧”地笑起来，得意地摇着尾巴走了。

贪婪的人常常得到和小熊一样的结局。

（比利时）

猫、公鸡和狗

有一天，狗和猫决定离开主人。狗心里很气，因为主人不给它吃好的；而猫呢，因为孩子们老是拉它的尾巴，欺负它。

狗对猫说：

“朋友，我们到森林里去！那里没有人欺负我们，我们也不用听别人话，自由自在。我捉兔子，你捉鸟，我们一定能很好地活下去！”

于是，它们走了。在路上，它们遇到一只公鸡。

“朋友们，你们到哪儿去？”公鸡问猫和狗。

“我们去找自由自在的生活。”

“让我也一起去吧！”

“我们不要你。”狗回答说，“你在森林里找不到吃的东西。而我能捉兔子，猫能捉鸟吃，你吃什么？要知道，森林里是没有麦粒的！”

“那么，鸟儿们怎么住在森林里的？”公鸡反驳说，“我吃软体虫也能活，各种浆果、核桃、小昆虫我都吃。即使吃不饱，但也自由自在了。”

“好吧。既然你自己愿意，那么我们一起走吧。”猫和狗说。

三个动物来到了森林里，它们走了一天，眼看天黑了，于是就考虑过夜的地方了。狗躺在地上，猫爬到了橡树的树梢上，公鸡飞上较低的树枝。

在猫睡觉的橡树附近的一个坑里，有一头野猪在睡觉；在橡树的树洞里有一头熊在睡觉。猫、狗和公鸡都没发现它们。

猫在橡树顶上坐了好久，因为它睡不着，老是往四周张望。它发现下面好像有什么东西在动，猫以为是老鼠，就从树上跳下来，一口咬住了野猪的尾巴！野猪在睡梦中晃了一下尾巴，用尽力气尖叫起来。公鸡一听到野猪的叫声，吓得“喔、喔、喔”乱叫。狗也醒了，它对野猪狂吠起来。

野猪听到狗吠声害怕了，朝着密林里逃走了。

这时，熊被这吵闹声吵醒了，也吓得要命，从树上跳下来，跌死了。

这时，三个朋友走在一起。公鸡说：

"不行。我不喜欢这种生活，在森林里太危险了!"

狗对猫说：

"朋友，你能走远，你会爬树，一有危险就能爬上树逃命，可我不会爬树，要是那边还来一头熊怎么办？狼也会吃我，这里不行，还是在人的家里好得多。"

狗和公鸡离开了森林。猫独自留在森林里，它也感到寂寞了，后来也跟着狗和公鸡走了。

所以，直到现在，猫、狗和公鸡都不住在森林里，它们都和人在一起生活。

（瑞士）

胆小的兔子

故事发生在一片森林里。你们只要到了那个森林里，就会听到温和的动物是如何反抗恶狼的故事。但是，谁也不知道，一只胆小的兔子没有参加战斗。故事是这样的：

森林里有许多狼，它们成群结队地窜来窜去，袭击弱小的动物和来不及逃走的动物。它们一捉住兔子就吃，碰到鹿或羊就猛扑上去。狼一天比一天闹得凶，一天比一天凶残。活着的动物都极力逃避狼，有的躲在森林里，有的躲在灌木丛里，有的躲在山洞里。但这样往往还不安全。狼到处找，它们的叫声，震动了树林。

弱小的动物们终于明白了：狼要把它们吃得一个不剩，所以集合起来商量，决定自卫，而且不仅是自卫，还要把狼从森林里赶出去。

"我们力量太弱了，对付不了狼!"胆小的兔子在会上说。

"不对，我们力量不弱。"鹿回答说，"如果我们所有的鹿都集合起来，齐心协力作战，我们可以戳破狼的肚子。"

"我们的角也很尖。"山羊说，"我们帮助鹿同狼作战。"

"我们也要作战。"蜜蜂嗡嗡叫道，"我们身体虽小，但我们有毒刺。"

全部温和动物就这样决定向狼宣战。兔子不做声，它的心吓得怦怦直跳，它的长耳朵动了动，它说：

"我一没有角，二没有蹄，三没有刺，因此不能同狼作战。但我的腿很有力，我可以逃跑来救自己的命。"

鹿听了，回答说：

"话倒是事实，你没有角、没有蹄、没有刺，但是你比谁都跑得快！你当我们的侦察兵，你去了解狼在哪里，报告我们，我们就去进攻。"

"我不想当侦察兵。"兔子说，"你们的事我不管。"

胆小的兔子说完后，就往森林深处逃了。

温和动物同狼战斗了。整个森林在哀叫、在抖动。狼嚎声、鹿叫声，兔子躲在树丛里听见了，吓得瑟瑟发抖。

战斗异常激烈，打了三天三夜。许多温和动物死了，被狼咬死了，但是更多的狼也倒在地上，肚皮被戳开了，头被打碎了。

第三天晚上，温和动物取得了胜利，狼群四处逃散，有一只狼躲进了密密的矮树丛里。兔子正躲在这里，看见狼，就请求说：

“请你不要吃我，狼亲家，我是狼的忠实朋友，温和动物要我去当它们的侦察兵，但是我不愿反抗你们。”

“如果你是我们的朋友，为什么你不来帮助我们作战？”狼问。

“我不参加战争。”

狼又对它说：

“谁不帮助我，谁就是我们的敌人。”

狼说完，就把兔子捉住吃了。

在附近一棵树上有一只雪莲鸟，它目睹了这一切，飞去告诉温和的动物。温和动物们这时正在森林中的空地上庆祝胜利。一头年纪最大的鹿代表全体温和动物发言，它说：

“我们战胜了狼，把它们赶出森林。从此，我们世世代代可以在森林里自由走动，没有一点危险了。狼不会袭击我们了。在这次战争中，我们牺牲不少，但获得了自由和安全。我宣布，今天为胜利日。一切同狼作过战的人，高兴吧！快乐吧！”

这时，鹿向四面看了看，没找到兔子，就问：

“那个把希望寄托在自己脚上的兔子在哪里？”

这时雪莲鸟把它在树丛里亲眼看到的情况，告诉了鹿。

鹿说：“如果我们都像兔子一样，我们的结果也是如此。我们当中没有一种动物能同狼一对一打，但我们团结起来，力量就强了。所以我们谁也不要离开集体。”

从此以后，没有一种猛兽敢进去，这森林里太平了。

（卢森堡）

聪明的小猪

从前，有一头小猪，独自住在浓密的树林里。

有一年冬天，天气十分寒冷。一只大灰狼向小猪的家走来。狼走到门口说：

“猪弟弟，让我进来取取暖吧！”

“不！”小猪答道，“你是来吃

我的！”

“我不会吃你的。”狼保证说，“放我进来吧！”

小猪仍然不同意。狼还是继续恳求：

“可爱的猪弟弟，如果你怕我，那么就让我的一只前脚伸进去好吗？”

狼终于说服了小猪。小猪就让狼的一只前脚伸进了自己的家门，自己马上将一桶水放在炉子上烧，并且还准备了一只口袋。

过了一会儿，狼又诉苦了，说他很难受，又说反正一只前脚进了房子，另一只前脚进来也没关系。狼请求说：

“让我的第二只前脚也进来吧！”

小猪把狼的第二只前脚也放进了自己的房门。这时狼又张口说：

“可爱的小猪！让我的一只后脚也进来吧！”

小猪把狼的一只后脚也放了进来，狼还是不甘心，又诉苦说：

“让我的第二只后脚也进来吧！否则的话，我在外面要冻僵了。”

小猪听了狼的诉苦，把狼的第二只后脚也放了进来，但是正当它让狼的最后一只脚进来时，它把一只口袋放到门上。狼跳进房门，正想吃小猪时，刚好掉进了袋里。小猪马上缚住口袋，扔到雪地上，然后从炉子上拿了一桶开水，泼在狼身上，一边泼，一边说：

“开水烫狼毛！开水烫狼毛！”

不知怎么的，狼咬破了袋子，钻到外面，拼命逃回去了。狼身上的毛有的一块块地脱掉了，有的烫成一团团的，头上的毛全掉光了，一只秃头闪闪发光。狼拼命跑，只恨狼妈少生了两条腿。

狼跑得远远的，叫来了一群狼，又来到了小猪家门口，以为小猪一定对付不了它们。

这时，小猪手里拿着一桶开水，爬到树上。

狼来了。天色很暗。狼找小猪，找来找去都找不到，有一只狼终于发现小猪在树顶上，它们就商量怎样使小猪从树上下来。一只狼说：

“让我们互相骑着爬上去。”

其余的狼问：

“谁在下面？”

另一只狼说：

“我们是来帮秃头的，它应该在下面。”

事情就这么定了。秃头狼在下面，别的狼都互相搭着背爬上去。只要再有一只狼，就可以捉住小猪了。这时，小猪大喝一声：

“开水烫秃头！”秃头听到就害怕，一发抖，往旁边一跃，逃走了。其余的狼都跌在地上。一只狼跌断前腿，另一只断了后腿，第三只断了头颈骨，第四只断了腰。

狼们一无所获，小猪从容不迫地从树上爬下来，走进自己的房子里。小猪要是没有死的话，它现在还住在密林里。

（丹麦）